作者简介

普莱服神甫
(1697——1763)

法国作家。十六岁在巴黎教会当修士，十九岁从军，二十二岁重返教会。1728年开始写作，著有《一个贵族的回忆录》《英国哲学家克莱夫兰先生传》等。所著《一个贵族的回忆录》中的第七卷《玛侬·列斯戈》，后来单独成书，成为其代表作。

外国情感小说

玛侬·列斯戈

Foreign Classic
Romantic Novels

〔法〕普莱服神甫 著

李玉民 译

人民文学出版社

图书在版编目(CIP)数据

玛侬·列斯戈／(法)普莱服神甫著；李玉民译．—北京：人民文学出版社，2017
(外国情感小说)
ISBN 978-7-02-013179-2

Ⅰ.①玛… Ⅱ.①普… ②李… Ⅲ.①中篇小说—法国—近代 Ⅳ.① I565.44

中国版本图书馆 CIP 数据核字 (2017) 第 191456 号

出版统筹	仝保民
责任编辑	陈　黎
特约策划	李江华
特约编辑	耿媛媛
书籍设计	李思安

出版发行	人民文学出版社
社　　址	北京市朝内大街 166 号
邮政编码	100705
网　　址	http://www.rw-cn.com

印　　刷	三河市祥宏印务有限公司
经　　销	全国新华书店等

字　　数	110 千字
开　　本	787×1092 毫米 1/32
印　　张	6.875
印　　数	1—6000
版　　次	2019 年 2 月北京第 1 版
印　　次	2019 年 2 月北京第 1 次印刷

书　　号	978-7-02-013179-2
定　　价	39.00 元

如有印装质量问题，请与本社图书销售中心调换。电话：010-65233595

Manon Lescaut

Manon Lescaut

目录

第一章 —————— 1

第二章 —————— 117

第一章

这个故事是在我与格里欧骑士邂逅那天开场的,大约是我动身去西班牙的半年前。我虽然深居简出,但有时不得不顺从我的女儿,作几次短途旅行,出门的时间也力求短些。

有一次,我女儿要我去鲁昂城,请求诺曼底最高法院处理几块土地继承权的问题。那些土地是我外祖父遗留下来的,我把继承权让给她了。返回的路上,第一天晚上我在埃夫勒过夜。第二天从那里上路,走了五六法里①路,赶到帕西镇用午餐。我进镇子的时候,看到的景象令我惊奇。整个镇子骚动起来,所有的居民都冲出家门,成群结伙地向一家下等旅店的大门跑去。那里停着两辆带篷的马车。马还没有卸套,累得浑身大汗,看光景是刚刚到达。我停了片刻,想打听

---

①一古法里约四公里。

一下为什么如此混乱。但是,从那些看热闹的百姓口里,我没有问出个究竟来。他们根本不理睬我,只顾乱哄哄地拥向旅店。后来,一名身系武装带、肩扛一杆火枪的解差走到门口。我招招手让他过来,请他告诉我那样骚乱的缘由。

"没什么,先生,"他对我说,"有十二名妓女,我同我的伙伴们要把她们押解到哈佛尔·德格拉斯港,让她们从那里上船到美洲去。其中有几个长得很漂亮,大概那些老乡好奇,都跑来看热闹了。"

听他这么一说,如果不是一位老太婆的唉声叹气把我吸引住,我也就离开了。那位老太婆从旅店里走出来,合拢手掌,大声叫嚷着:"真是野蛮透顶啦,这种事太可怕,看了真让人可怜。"

"是怎么一回事啊?"我问道。

"唉!先生,您进去,"她答道,"看看那场面吧,多让人心疼哪!"

我便生了好奇心,于是下了马,将马交给我的马夫照看。我拨开人群,好不容易才挤了进去,眼前的情景,果然叫人心里难受。十二个女子,腰间都捆着绳索,六个人连成一串。其中有一个女子,论其神态和姿容,都同她的处境极不相称。若是在另外的场合遇见她，我准会把她当成一位贵妇人。她虽然一副伤心的模样儿，里外的衣服又肮脏不堪，但她那美丽的容貌却并没怎么减色，因此，我对她的敬意和怜悯油然而生。然而，她扯紧系身的绳索，尽量把脸扭向一旁，躲避看热闹人的眼睛。她力图躲避的姿势极其自然，好像出自羞涩的心理。押送这些不幸女子的六名解差全在房间里。我把领头的拉到一旁，向他打听那位美丽姑娘的身世。他所能告诉我的只是一些非常一般的情况。

"我们是根据警察总监先生的命令，把她从妇女教养院里提出来的。"他对我说，"事情很明显，她如果品行端正，绝不会被关进那种地方。一路上我多次问过她，她一句也不肯回答。虽然没有命令我要特别优待她，但对她我还是多少照顾一些，因为我看她比她那些女伴的身份要高点儿。"领头的还说："您瞧，那儿有个年轻人，他若能把她遭难的原因告诉您，会比我讲得清楚。从巴黎一上路，他就在她身边随行，眼泪总是不断。他不是她的兄弟，就准是她的情人。"

我转身看去，见一个年轻人坐在角落里。他沉浸在冥思苦想之中，我从来没见过像他那样凄楚的表情。他的衣着很简单，但是一眼就能看出，他是一个非常有教养的世家子弟。我走到他面前,他站起身来。从他的眼神、仪表和举止中,我看出一种非常文雅高贵的气质,便不由得想助他一臂之力。

"但愿我不会打扰您,"我坐在他身边,对他说道,"我想打听打听那位漂亮姑娘的情况,您愿意满足我的好奇心吗?我看像她那样的人,绝不应该落到现在这种可悲的境地。"

他诚恳地回答我说,如若告诉我她是什么人,就得先介绍一下他本人的情况。但是,碍于某些重要的原因,他不便透露身份。

"不过,我可以告诉您一点儿,这是连那帮混账家伙都知道的事情。"他指了指那些解差,接着说道,"我爱她简直爱得发了狂,害得自己成了天下最不幸的人。在巴黎,我竭尽全力想把她救出牢笼,然而求告无门,计谋不成,用武力也落了空。即使她走到天涯海角,我也绝不离开她。我要同她一道乘船去美洲。"他提到那些解差时还说:"可是,这些卑鄙的骗子丧尽天良,竟然不让我靠近她。我原来倒有个计划,就是等他们到距离巴黎几里远的地方,公开地袭击他们。我曾经找了四个人,他们见钱眼开,答应帮忙。可是,到了交手的时候,那帮家伙背信弃义,丢了我,把钱拐跑了。使用武力已经无法成功，我只好放下武器，向几个差人提出，我给他们报酬，他们起码得允许我跟他们一路同行。他们见有利可图，也就答应了。他们给我方便，让我和我的情人说话，每次都索取酬金。我的钱很快就被他们勒索光了，如今已囊空如洗。我只要靠近她一步，他们就蛮横粗暴地把我推开。刚才，我还不顾他们的威胁，硬是靠近她，他们竟然放肆地举起枪，将枪口对准我。无可奈何，为了满足他们的贪欲，我只好把自己一直骑乘的一匹驽马在这里卖掉，拿钱打点他们，下一段路程好让我跟着走。"

他说这番话时，虽然比较平静，讲罢眼泪却簌簌地落了下来。我觉得他的遭遇非常离奇感人。

"您的身世秘密不便相告，"我对他说，"我也就不勉强了。但是，有用得着我的地方，我倒乐意为您效劳。"

"唉！"他又说道，"希望实在渺茫得很，只好听天由命了。我要到美洲去。到了那里，我起码能同我所爱的人自由自在地一起生活。我已经给一个朋友写了信，请他汇款到哈佛尔·德格拉斯港资助我。我只愁去哈佛尔这段路无法应付。"他伤心地看着他的情人，又说道:"路上想什么办法,才能给这个可怜的人儿一点安慰呢?"

"那好,"我对他说,"我来给您排遣吧。这点小意思,请您务必收下。实在抱歉,我帮不上您别的什么忙。"

我送给他四枚金路易①,没有让解差们瞧见。我断定他们一旦知道他身上有这笔钱,在出售给他方便时,准会要价更高。我甚至灵机一动,想同他们做做交易,好让年轻的恋人在去哈佛尔·德格拉斯这一路上能够随时谈心。我招了招手,让那位领头的过来,向他提出了建议。他尽管厚颜无耻,但还是面有愧色。

"先生,不是我们不准许他同那个姑娘讲话,"他尴尬地答道,"而是他总想待在她的身边,这对我们不便。他给我们添了麻烦,破费点也是应该的。"

"说说看,"我对他说,"需要多少钱,你们就感觉不到麻烦了?"他竟斗胆向我讨两枚金路易,我当场付给了他。

"不过,你们得当心,"我对他说,"别再向他敲诈

---

①法国旧金币,一枚金路易即二十法郎。

了。我把我的地址留给了那个年轻人，再有那种事儿，他会告诉我的。记住，我是有能力惩办你们的。"

为了这件事儿，我用掉了六枚金路易。那位陌生的年轻人举止很文雅，再三向我道谢，这使我确信他绝不会生在一般人家，是值得我解囊相助的。告辞之前，我还同他的情人寒暄了几句。她答话羞怯怯的，又温柔又妩媚。我走出店门时不由得想道，女人的性情真是令人难以琢磨。

此后，我返回家园，又过起孤寂的生活，再也没有听说这件事后来如何。事过将近两年，当我已完全忘却了的时候，又一次天缘巧遇，我才了解到事情的始末。

我和我的门生某侯爵由伦敦来到加来。如果我没有记错的话，我们是在金狮旅馆下榻的。因为有些事情要办，我们不得不在那里逗留了一天一夜。午后在街上闲逛，我瞧见一个人，好像是我在帕西遇到过的那个年轻人。他衣衫褴褛，脸色也比前次惨白得多。他拖着一个皮包，看样子刚刚进城。然而，他的外貌非常俊秀，很容易辨认，我一眼就看出他来。

"我们应该去见见那个年轻人。"我对侯爵说。

当他认出我时，显得格外高兴。

"啊！先生，"他吻了吻我的手说道，"借这个机会，我再次向您表示，您的恩情我终身不忘！"

我问他是从哪儿来的。他回答我说，他是取海道由哈佛尔·德格拉斯来的。前不久，他从美洲回到那里。

"看您手头不怎么宽裕，到我住的金狮旅馆去吧。我随后就去看您。"

我返回旅馆，急不可耐地想了解他不幸遭遇的详情，以及他在美洲的经历。我百般地安抚他，吩咐仆人要对他照顾周到。他不待我催问，就向我讲述了他一生的经历。

"先生。"他对我说，"您待我这样慷慨仗义，如果我对您还有所保留，那可真是问心有愧，成了不知恩义的小人。我要讲给您听的，不仅仅是我的不幸和痛苦，还有我的放荡生活和可耻的弱点。您听了之后，我相信您在谴责我的同时，不能不对我表示同情。"

我要提请读者注意，我听了他的叙述之后，当即就把他的经历记了下来。因此，读者尽可相信，本书做到了完全准确和忠实。我所说的忠实，甚至包括不幸的年轻人发自内心的感慨和叹喟，我都照录不爽。下面是他的自述，从头至尾，我没有掺杂任何东西。

我出生于 P 城的名门显族。父母送我到亚眠城研修哲学，我十七岁那年结束学业。我在那里生活规规矩矩，被师长们立为全校的表率。博得这种赞扬，倒不是我花费多大气力去争取的，而是因为我生性温和恬静；我潜心学习是出自爱好。我天生疾恶如仇的一些行为，他们也誉为美德。由于我门庭高贵，学业优异，举止斯文，城里所有有教养的人都熟识我、敬重我。我通过了考试答辩，受到一致好评。主教先生光临了答辩考场，他甚至劝我投身宗教界。他说，我进宗教界准会出人头地，胜过入马耳他会①。我入马耳他会，是父母的安排，他们已经让我佩戴十字章，赐号为格里欧骑士。

假期来临，我准备回家省视父亲。他曾答应我，过不久送我进习武院②。我离开亚眠城只有一点遗憾，就是我的一位朋友还留在那里。我们俩一直情同手足。

---

① 天主教的一个国际组织，创建于十二世纪，始名圣－让仁爱会，十四世纪改称罗德骑士会，变为军事宗教组织。一五三〇年，查理五世把位于地中海的马耳他岛赠予该会，因此得名马耳他会。贵族子弟十一岁即去马耳他岛。格里欧出身贵族，故能佩戴十字章，称为骑士。
② 贵族子弟服役前练习骑术、剑术的场所，设在巴黎。

他比我年长几岁，我们是一起长大的。但是，他由于家境贫寒，不得不进宗教界。我离开之后，他还要修些专业课程，好适应他今后的教职。他的长处很多。在我后面的叙述中，通过他的卓越品格，尤其通过他对朋友的热诚，你们将会了解他的为人。他对待友情的态度就连古人也会叹服。我当时若是听从了他的规劝，就会一直过着纯洁幸福的生活。当情欲把我拖向深渊的时候，他责备我的话，我哪怕能听进一星半点，也不至于身败名裂到这种地步。他怎么能不痛心呢！他苦口婆心规劝我的话，全被我当耳旁风。我有时还觉得他的话伤了我的面子，甚至以怨报德，认为他太不知趣。

我定下从亚眠城动身的日期。唉！怎么没有确定在头一天走呢！我若是早走一天，就会清清白白地回到父母身边。动身的前一天傍晚，我和我的朋友去散步，他姓梯伯日。我们看见从阿拉斯城来的驿车到了，就信步跟到停车的旅店。我们毫无目的，只是出于好奇。几位妇女从车上下来，随即走开了。但是，一位少女却独自停在院中，一个上了年纪的男人，看样子是她的老仆人，正忙着从篮子里往外掏东西。我从来没想过男女之别，也从来没有稍稍留意看过一位姑娘，大家都称赞我老实稳重。可是那个姑娘太迷人了,我一见她便顿时燃起情火。我有个毛病,就是非常胆怯,动辄不知所措。但是,我不仅没有退缩,而且居然朝我的意中人走过去。她虽然比我年轻,接受我施礼时却落落大方。我问她到亚眠城来做什么,这里是否有亲友。她天真地答道,是她父母送她来当修女的。我心中一旦注入了爱情,人也就聪敏起来。我立刻明白,让她当修女的意图,是对我的美愿的致命打击。我在言谈话语中让她体会出我的这种心情,因为她比我老练得多。她父母强行送她进修道院,无疑是想扼制她贪图享乐的天性。她这种天性当时已经显露,并且到后来造成了她和我两人的全部不幸。萌生的爱情启迪了我的心智,经院学习使我善于雄辩,我找出种种理由,极力驳斥她双亲的无情决定。她既没有故意冷淡漠然,也没佯装轻慢不经。她沉默了片刻,然后对我说,她也清楚地预料到,今后的命运不会太好。但是,她既然逃脱不掉这种命数,看来这就是天意了。

她说话时明眸含情,忧郁的神态十分迷人,尤其是要把我推向毁灭的厄运的威力,使得我未假思索,就脱口回答她说,我对她十分敬慕,一片深情。如果她信得过,我将不惜生命,坚决把她从她父母的专制中解救出来,并将使她幸福。后来,我一想起当时的情景就感到诧异,是从哪儿来的那么大的胆量,我竟如此流畅地表白了我的心迹。但是,如果爱情不常常产生奇迹,人们就不会把它神化了。我还百般地催促她快拿定主意。那位与我素昧平生的姑娘深知,像我这样年龄的人是不会欺骗的。她坦率地对我说,如果我有办法能使她自由,那对她就是恩重如山。我一再对她说,只要能救她,就是上刀山下火海,我也在所不辞。不过,我毕竟涉世不深,还不能当机立策,只好作了泛泛的许诺。这对她和我都无济于事。

她的仆人老阿尔居斯走过来,我一时语塞,若不是她见机行事,我的希望恐怕就化为泡影了。见仆人到了跟前,她竟称我表兄,这着实令我吃惊。她还泰然自若地对我说,在亚眠与我邂逅非常高兴。难得一会,她要尽兴地和我共进晚餐,次日再进修道院。我对她的巧计心领神会,并向她推荐一所旅馆,那家老板从前给我父亲当过多年车夫,后来到亚眠城落了户,他对我唯命是从。我亲自带她去旅馆。她的老仆人好像有点嘀嘀咕咕,我的朋友梯伯日则莫名其妙,一言不发,默默地跟在后边。我们的谈话,梯伯日一句也没听见。我和我那漂亮的情人谈情说爱的时候,他一直在院子里散步。他办事谨慎，我担心他会劝阻我，就借口求他办一件事，把他支走了。这样一来，到了旅馆之后无人打搅，我就能和我的心上人畅述心曲了。我很快就发现，我并不像自己想象的那么幼稚。无穷的乐趣涌入我的心田，我以前从未体验过这种快感。一种惬意的暖流传遍我的周身，我激动得说不出话来，仅能用眼神传情递意。玛侬·列斯戈小姐（她对我说，别人这样称呼她）对自己的魅力显得十分满意。看得出来，她的感情冲动并不亚于我。她向我承认，她觉得我很可爱，若是能由我来搭救她，她可太高兴啦。她想了解我是什么人。一听说我的家世，她对我的爱慕之情便猛然增长。因为，她出身平民家庭，能够赢得一个像我这样出身的情人，她感到非常得意。我们一同商量结合的办法。经过反复考虑，别无良策，只有私奔了。我们必须避开那个老仆人的眼睛，他虽然是奴仆，但对他也不能掉以轻心。我们商定，由我连夜雇好一辆驿车，翌晨趁着她的仆人还没睡醒，就来旅馆接她。我们悄悄地逃走，直奔巴黎，到那儿后就结婚。我大约有五十埃居①，是平时一点一滴积存下来的。她的

---

① 法国一种古币，种类很多，价值不一。

钱差不多比我的多一倍。我们就像毫无见识的孩子一样异想天开,认为那些钱够我们用一辈子的了。对其他的盘算,我们也深信不疑。

我踌躇满志,用罢晚餐,便去照计行事。准备工作很便利,因为我原来打算次日启程探视父亲,简单的行装已经收拾妥帖。雇人搬运行李,备好一辆马车,清晨五点钟开城门时守候在那里,这些全不在话下。然而,我碰到了一个意想不到的障碍,几乎打乱我的全盘计划。

梯伯日虽然仅比我年长三岁,却是一个思想成熟、品行端正的青年。他对我有一种特殊的情谊。见到玛侬那样姝丽的姑娘,又见我殷勤地给她引路,还特意把他支开,免不了会觉察到我对她产生了爱情。他没敢回到同我分手的那家旅馆去,怕惹我不快,但去我的宿舍等我了。我回去时,虽然已是夜里十点了,他仍旧守候在那里。我一见是他,脸色就阴沉下来。他不难看出我心里不大自在。

他开门见山地对我说:"肯定你在打什么主意,想瞒着我,从你的表情上看得出来。"

我粗声粗气地回答说,我有什么想法,没有必要全告诉他。

"当然不必，"他接着说，"但是，你一直把我当成朋友看待。作为朋友，起码该相互信任，开诚相见吧。"

以前，我同他无话不谈，没有半点保留。这次他催了我好久，逼着我把心事和盘托出，我终于向他推心置腹地讲了我对玛侬的爱情。他一边听，脸上一边露出不快的神色，着实令我担心。我不慎把逃跑计划也告诉他了，心中特别后悔。他对我说，他是我的挚友，不能不全力反对我私奔的打算。他先是希望我能回心转意，把该劝的话全都讲到了，继而声言如果我听完之后，还不放弃那个荒唐的决定，他就要去通知肯定能断绝我这个念头的人。他给我讲了一刻钟的大道理，临了还威胁说，我若是不向他保证今后行事要更明智、更检点，他就将告发我。我被纠缠得没了主张，想到泄露我的秘密真是大错特错。然而，两三个小时以后，爱情打开了我的思路。我发现，我没有向他透露私奔的时间就定在第二天。因此，我打定主意，准备和他含糊其词，蒙混过去。

我对他说："梯伯日，直到现在，我还把你当成朋友。我向你说了知心话，是想考验你。我没有骗你，我的确爱上她了。至于私奔的事，也不是草率作出的决定。明天上午九点钟来找我吧，如果可能的话，我把我的意中人引见给你，看看我是否值得为她采取这样的行动。"

他还喋喋不休，让我信赖他的友谊，然后才肯离去。我连夜收拾好东西，于破晓时分赶到了玛侬小姐下榻的旅馆，见她正等着我。她站在临街的窗口，一望见我，就亲自来给我开门。我们悄悄出了旅馆。她除了衣物，没有别的行李，我一个人就拿得了。驿车已在等候启程。我们登上车，一会儿工夫就离开了亚眠城。

梯伯日发现我欺骗了他之后，又做了些什么，我以后再讲。他对我的热情并没因此减退分毫。我想起从前对待他的错误态度，又惭愧得流了不少眼泪。

我们兼程赶路，天黑前就到了圣·戴尼斯。我骑马与驿车并行，因此，只有更换马匹的时候，我们才得空说说话。巴黎近在眼前，几乎可以说平安无事了，于是我们便停下来歇歇脚，用点饭。从亚眠城至此，我们还滴水未进呢。无论我对玛侬的爱情多么强烈，她总能说服我，她爱我的程度不亚于我爱她。我们急不可待，旁边还有人，就毫无顾忌地亲昵起来。车夫和店里人都瞧着我们，啧啧不已。我注意到，他们见我们这一对年轻人，小小的年龄，竟爱得发狂，感到非常惊奇。在圣·戴尼斯,我们把结婚的计划置于脑后,违反了宗教法规,未加考虑就结成鸾凤之好。

我生来性情温柔、忠心不渝。假使玛侬一直忠于我,毫无疑问我终生都会幸福。我越了解她,在她身上发现的长处就越多。她的才智、心肠、柔媚和妍美,连成一条迷人心性且难以挣脱的绳索。我本来可以把全部幸福锁在里边,永不脱离。多么触目惊心的变幻啊!本来能成就我幸福的东西,反而把我推上了绝路。我那种始终不渝的爱情,本期望能交上红运,得到最完美的爱情的报偿,但它却使我成为人间最不幸的人。

我们在巴黎租了一套配备家具的房间,位于 V 街。算我不走运,我们恰好与有名的包税商 B 先生毗邻。三周倏忽而过,我一直沉浸在燕尔新欢之中。对于我的家庭,对于我父亲因我杳无音信而产生的悲痛,我都无暇顾及。然而,由于我的行为绝没有放荡的意思,玛侬也很守本分,我渐渐想起了做子女的职责。只要可能,我就决心同父亲和解。我的情人那样可爱,如果我能让他了解玛侬的贤惠和才智,我保证他也会喜欢她的。总之,我巴不得争取他同意我娶玛侬,因为我完全明白,没有他的许可,结婚便是一句空话。

我把这个想法告诉了玛侬,并且向她说明,除了爱情和子女责任的原因,生活用度也不能忽视。我们的钱已经所剩无几,我开始放弃我们的钱用之不竭的想法。玛侬对我的建议很冷淡。但是,她提出的反对理由,无非是她爱我,害怕失去我,因为我父亲得知我们躲避的地点之后,万一不同意我们的打算,就会把我夺走。其实,他们正准备暗算我,我还被蒙在鼓里,毫无觉察。至于生活费用问题,她回答说,余下的钱还可以维持几周。她将给住在外省的几位亲戚写信,他们都喜欢她,会给她资助的,这样也就接续上了。她以无限温柔和热烈的抚爱来婉言拒绝,我又完全在她的爱中生活,毫不戒虑她的用心,对她自然也就言听计从。

我一直让她掌管钱,开发我们日常的花销。不久我发现,餐桌上的饭菜更加丰盛,她还添了几样贵重的首饰。我很清楚,我们大约只剩下十多枚皮斯托尔①,可生活反而显著地阔绰起来,我不能不向她表示惊奇。她笑着让我不必多虑。

"我不是曾答应过你,"她对我说,"要找路子搞点钱来吗?"

---

①法国古金币。

我过分单纯地爱她,因此,这类事情很难引起我的警觉。

一天下午我出门前,告诉她要比平日晚些时候回去。等我回去时,拖了两三分钟里面才开门,我有些诧异。我们只有一个小姑娘当佣人,年岁同我们相仿。她给我开门时,我问她为什么迟迟不来。她支支吾吾地答道,她没听见敲门声。我只敲过一次门,于是问她:

"你若是没听见敲门,为什么又来开门呢?"

我这么一问,她慌了神儿,一时瞠目结舌,急得哭起来。她向我下保证,说这不是她的过错,是太太有话在先,要等B先生出去后才能开门,他是从与起坐间相通的另一条楼梯下去的。听了这话,我顿时心乱如麻,连进屋的气力都没有了。我只好借口有事,又下楼去。我吩咐那个女孩子告诉太太,说我过一会儿回去,但是,不要让太太知道她向我提到过B先生。

这件事使我极为惊诧,我一边下楼,一边泪珠滚滚,但品味不出究竟是什么情感使我流下了眼泪。走到最近的一家咖啡馆,我一头扎进去,挨着一张餐桌坐下来,双手托腮,想着刚刚发生过的事情。我不敢回想刚才听到的话,倒希望那是一种幻觉。我有两三次想站起身,装出若无其事的样子回去。我觉得玛侬绝不可能欺骗我,反而担心这种怀疑是对她的侮辱。我崇拜她,这一点毫无疑问。她对我的情分,同我对她的情分比较,很难分出高下。我为什么指责她不如我真挚、不如我忠贞呢?她有什么理由欺骗我呢?就在三个小时之前,她还情意缠绵,同我亲昵不够,并激动地接受我的抚爱呢。我了解她的心,并不亚于了解我自己的心。

"不,不可能,"我又思忖道,"玛侬不会背弃我。她不是不知道,我仅仅是为她而活着。我崇拜她,这点她比谁都清楚。这不可能成为她怨恨我的理由啊!"

然而,B先生去瞧她,又偷偷摸摸地溜走,这使我难于自圆其说。我又想起玛侬最近添置的几件小首饰,价值显然超过了我们仅有的那点儿钱财,很有一种新情夫馈赠的味道。她在我面前谈起钱财来路时,总显得那样胸有成竹,我却摸不着头脑!这种种谜团,我很难像心中祈愿的那样,给予圆满的解释。可是,话又说回来,自从来到巴黎后,我同她几乎朝夕相伴。办事、散步、嬉戏,我们总是形影不离。天哪!即使离开片刻,我们都难过得不得了。我们必须不住嘴地说我们相亲相爱,若不如此,就担心得要命。我无论如何也想象不出,玛侬会有一点儿余暇去眷恋另外一个人。最后，我认为发现了谜底。我自言自语地说："B先生是一位巨商，交际很广，玛侬的亲戚可能托他带钱给她。她也许已经从他手里收到过一笔钱，他今天又是给她送钱来的。她一定是故意背着我，好让我意外地高兴高兴。我今天若是照常进门，她也许已经告诉我了，我又何必跑到这儿来自寻烦恼呢。如果问起来，她起码不会瞒我。"

我满脑子都是这个念头，它居然产生了效力，我的心情轻松多了。我立刻返回寓所，像往常那样，亲热地吻了玛侬。她待我也是亲亲热热。我起初见此情景，愈发觉得自己猜中了，忍不住想把自己的推测告诉她。但是，话到嘴边儿又停住了，指望她也许不待我问起，就把事情的原委主动告诉我。

晚餐准备好了，我高兴地在桌前坐下。香烛放在我们中间，在亮光中，我仿佛看到，我心爱的人脸上、眼睛里流露出忧戚的神色。我的情绪也跟着冷落下来。我发现她凝视着我，表情不同寻常。尽管我觉得这是出于温柔缠绵的情感，却无法猜透究竟发自爱情还是出自怜悯。我也目不转睛地盯着她，从我的眼神里，她也许不难判断我的心境。我们既不想开口，也不想用餐。最后，我看到她的明眸潸然泪下：

负心的眼泪啊!

"啊!天哪!"我高声说道,"你哭啦,亲爱的玛侬!你这样伤心,却一个字也不对我讲。"

她只是叹息几声,没作回答,这愈加使我不安。我颤抖地站起身,以发自爱情的急切心情,恳求她告诉我为什么流泪。我给她擦眼泪,自己的泪珠却止不住往下滚,心如死灰一般。我那种痛苦和担忧的样子,即使一个野蛮人见了也会心软。我正在照料她的当儿,传来几个人上楼梯的脚步声。有人轻轻地敲门。玛侬吻了我一下,挣脱我的双臂,急忙跑到里间去,随手把门关上。我以为她由于泪痕未干,装束已乱,不便见外来的生客。我刚把门打开,就有三个人扭住了我,我认出他们是我父亲的仆人。这三人对我并不粗暴无礼,但是,两个人揪住我的胳膊,另一个搜查我的衣兜,从里边掏出一把短刀,那是我身上仅有的一件铁器。他们说迫不得已,对我失敬了,请求我原谅。他们自然对我说,是遵照我父亲的吩咐做的,而且,我哥哥就在楼下的马车里等我呢。我一时心慌意乱,没有挣扎,也没有开口,任凭他们把我带下楼去。我哥哥果然在车里等着我。他们让我坐在哥哥的身旁。车夫得到他们的吩咐,见我上了车,立即扬鞭策马,驱车直奔圣·戴尼斯。我哥哥亲热地和我拥抱,但没有开口讲话,我正需要从容地思考一下我的不幸遭遇。

开头,我眼前一片漆黑,闹不清是怎么回事。有人残忍地出卖了我。然而,是谁呢?我首先怀疑的是梯伯日。"出卖朋友的家伙!"我想,"我的怀疑如果得到证实,你休想活命!"可是,转念一想,他不清楚我的住址,我家里人从他那儿打听不到我的下落啊。归罪玛侬吧,又生怕冤枉了她。她在我面前凄然欲颓的样子,她流的眼泪,她走开时给我温柔的一吻,对我完全是一个谜团。不过,我总想为她开脱,把她的种种表现,解释成她预感到我们要大祸临头。这场变故把我们拆散了,我在痛不欲生的时候,还盲目地想象她比我更值得怜悯。考虑的结果,我认定是熟人在巴黎大街上瞧见了我,于是告诉了我父亲。这个想法安慰了我。心想事到如今,只好接受父亲的严训乃至惩处才能了事。我决意耐着性子忍受,答应家里对我提出的一切要求,好得便迅速返回巴黎,把生活与快乐重新带给我亲爱的玛侬。

我们没用多少时间就到了圣·戴尼斯。路上我一声不响,我哥哥感到意外,以为是我害怕的缘故。他极力安慰我,说对父亲采取的严厉态度,我无须担心,只要我顺从，重新负起做儿子的职责，不辜负父亲对我的慈爱就好。他让我在圣·戴尼斯过夜。为谨慎起见，还吩咐三名仆人睡在我的房间里。我同玛侬从亚眠城到巴黎，途中就是在那家旅馆下榻的。旧地重游，令我触景生悲。旅馆老板和伙计都认出我来，同时也猜到了事情的原委。我听见老板说：

"咦！一个半月前，不正是这俊秀的先生，带着一位妙龄小姐打这儿经过吗？他真迷上她啦！那位小姐长得也真爱煞个人儿。唉！一对可怜的孩子，他们当时搂抱得多亲热啊！说真的，硬拆散他们，太可惜了。"

我佯装没听见，并且尽量少露面。

我哥哥在圣·戴尼斯雇了一辆双人马车，我们凌晨上路，次日傍晚就到家了。他先去见父亲，替我说了情，告诉父亲我很温驯，服服帖帖地跟他们回来了。这样一讲，我父亲对我的态度缓和多了，不像我在路上想象的那样严厉。他只是泛泛地责备了我几句，说我没经过他的允许，不应该在外面流连忘返。谈到我的情妇时，他说我同一个女人素昧平生，就能乱结交，结果落到如此下场，是咎由自取。他早先倒很赞赏我处事谨慎，经过这段小小的波折，他希望我能学得处事稳健些。他那番话我听归听，但心中却自有主张。

我感谢父亲宽恕了我，并保证以后更加守本分、守规矩。我心里扬扬自得，因为事情照这样了结，毫无疑问，等不到黎明，我就能有机会逃出家门。

我们入座用晚餐。他们拿我在亚眠城猎艳，拿我同那位忠心的情妇私奔之事打趣。我付之一笑，并不嗔怪。有机会聊聊一直萦绕我心怀的事情，我甚至感到很高兴。可是，我父亲随口说的几句话，倒令我侧耳谛听。他提到 B 先生，说他口蜜腹剑，明说帮忙，实则为己。听他说出这个姓名，我不禁一怔，恭敬地请他进一步解释解释。他回头问我哥哥，有没有把全部经过告诉我。我哥哥答道，他见我一路上情绪很安定，认为不用那剂药，也能治愈我的痴情了。我发现父亲还在斟酌要不要把事情全兜出来，便再三哀求他，结果他满足了我的要求。或者不如说，他通过讲一件最可怕的事情，残酷地伤害了我。

他首先问我，是不是始终天真地认为，我的情妇爱我。我理直气壮地说，这完全有把握，什么也不能让我产生半点儿怀疑。

"哈！哈！哈！"我父亲大笑起来，高声说道："真是妙极啦！你见钩就上啊，我倒喜爱你这种性情。可怜的骑士，没看出你是个做好性子丈夫的料，让你进马耳他会，岂不大材小用了。"

他以这种兴致，不断嘲笑我的所谓糊涂和轻信。见我一直默默无言，他接着对我说，根据我离开亚眠城的日期，他能算出玛侬大约爱了我十二天。他解释说："因为，我知道你是上月二十八日离开亚眠城的，今天是二十九日。B先生给我写信有十一天了，我估计他需要八天工夫才能和你的情妇混熟。这样算来，上月二十八日到本月二十九日，总共三十一天，去掉十一天和八天，还剩下十二天，差不了一两天。"

说到这里，他们又哄堂大笑。听了他这番话，我心如刀绞，真担心自己支撑不住，不能听完这出可悲的喜剧。

"既然你不清楚，"我父亲又说，"就告诉你个明白，B先生已经赢得了你那位公主的心。他还企图让我相信，他夺走你的情妇，是为我效劳，出自慷慨仗义之心。简直是开玩笑。再说，像他那样一个人，与我素昧平生，我怎么能期待那种高尚的情感！他从你情妇的口中了解到你是我的儿子，为了摆脱你的纠缠，他写信把你的住址告诉我，还说你过着荒唐的生活。言下之意让我明白，必须多派几个帮手才能使你就范。他还主动给我提供方便，设法逮住你。正是靠他的指引，甚至还有你情妇的指引,你哥哥才得机会出其不意地捉住了你。现在为你能同玛侬待了那么一段时间庆贺庆贺吧!骑士,你能比较迅速地取胜,却不善于守卫你的战利品。"

我没有力量再听下去,他的话字字刺痛我的心。我从餐桌旁站起身,想离开餐厅,但是没迈出几步,就跌倒在地板上,完全失去了知觉。他们立刻抢救,使我苏醒过来。我睁开双眼,泪如泉涌,张开口,发出最凄惨最感人的悲咽。我父亲一向喜爱我,他用全部的父爱来安慰我。但是,他的话我充耳不闻。我跪在他的脚下,合拢手掌,恳求他放我回巴黎去刺死那个B。

"不,不,"我说道,"他并没有赢得玛侬的心,而是逼迫她,用魔法或者迷药迷惑她,也许是粗暴地胁迫她干的。玛侬爱我,我心里还没数吗?他肯定手持匕首恫吓她,逼着她抛弃我。为了从我手中夺走天仙一样的情人,他什么还干不出来呢?唉!天哪!天哪!玛侬背弃了我,断绝了恩爱,这可能吗?"

由于我口口声声嚷着要马上回巴黎,甚至随时想起来就走,我父亲明白,在我盛怒之下,什么也拦不住我。他把我带到楼上的一个房间里,派两名仆人看守我。我丝毫控制不住自己。只要能在巴黎待上一刻钟，我万死不辞。我懂得，这样直言不讳，我父亲不会轻易放我走出房门。我目测了一下窗户的高度，看到越窗逃走也根本不可能。于是，我和和气气地同两个仆人攀谈。我发下一大堆誓言，说是倘若同意我逃走，我保证他们有发财的一天。我逼他们答应我,好言相求，厉声威胁，全都枉费心机。到那时我万念俱灰，扑在床上，只求一死，打算除非死后被人抬走，否则不再起床。

那天夜里和第二天，我就是在这种状态中度过的。次日给我送来饭食，我水米不沾。午后，我父亲上楼来看我。他体谅我的痛苦，用最温存最亲切的话语安慰我。他嘱咐我一定要吃点儿东西，我只是出于尊重他的话才进了点食物。几天过去了，我仅仅当着父亲的面，为了表示顺从他的意志才吃东西。他不断地向我阐明道理，引导我恢复良知，蔑视水性杨花的玛侬。我当然不再敬重她了，我怎么能敬重一个最轻薄、最无情义的女人呢？但是，她的形象、她的动人的姿容，仍旧留在我内心的深处，这一点我很清楚。

"我可以一死了之，"我思忖道，"遭受了这种种耻辱和痛苦之后，我甚至不应该再活在世上。可是，我能把生死置之度外，却忘不了那薄情负义的玛侬。"

见我一直悲痛欲绝，我父亲着实吃惊。他知道我恪守荣誉的信条，也相信我会鄙夷薄情的玛侬。因此，他想象我的痴情，不是缘于对一个特定女子的爱慕，而是对一般女性的眷恋。他觉得自己的想法非常合乎情理，仅凭他的爱子之心，有一天特来向我讲明了心事。

"骑士，"他对我说，"到目前为止，我一直打算让你佩戴马耳他十字章。可是，我看你对此毫无兴趣。你喜欢漂亮的姑娘，我同意找一个你看得上眼的。你有什么想法，自然要向我谈喽。"

我回答他说，遭遇这次不幸之后，对于女人，我并不加以区别，而是一概厌恶。

"我给你找一位姑娘，"我父亲微笑着又说，"容貌像玛侬，但比她忠诚。"

"啊！您如果多少还可怜我的话，"我对他说，"就应该把她还给我。您要相信，亲爱的爸爸，她并没有背弃我，她做不出那样阴险毒辣的事来。是老奸巨猾的 B 欺骗了我们，欺骗了您，欺骗了她和我。假若您了解她是多么温柔和真诚，假若您见过她一面，就准会喜欢她的。"

"你真是个孩子，"我父亲接着说，"怎么糊涂到了这种地步？我不是跟你讲过她的品行吗？是她亲手把你交给你长兄的。你如果是个聪明人，最好连她的姓名都忘掉，不要错过我宽恕你的机会。"

我完全承认，他说的话是有道理的。我为那个不忠的女人辩护，纯粹是一种不自觉的举动。

"唉！"我沉默了片刻，又说道，"那种背信弃义的行径真卑劣到了极点，我的确不幸被人愚弄了。"我一边恼恨，一边流着泪接着说："是的，我十分清楚我还是个孩子。我对人这样轻信，何须他们如此费尽心机。但是，我懂得如何报仇。"

我父亲想了解我有什么打算。

"我要去巴黎，"我对他说，"放火烧掉 B 的房子。把他和薄情负义的玛侬全活活烧死。"

我那样怒不可遏，只能令我父亲发笑，也只能使他把我囚禁得更严。

我囚居了整整六个月。头一个月，我的状况没有多大起色。我的感情变幻莫测，时而怨恨，时而缱绻，时而期望，时而绝望，随着我对玛侬的看法变幻而定。我忽而把她视为最妩媚的姑娘，情意殷殷地渴望与她重逢；忽而又把她看成一个卑劣薄幸的情妇，咬牙切齿一再发誓要找到她、惩罚她。我父亲给我送了些书来。

看看书，我的心情平静了一点。我把从前喜欢的作品全部重读一遍，还了解了一些别的作家，对学习又产生了浓厚的兴趣。下面您会看到，读书对我有多大裨益。贺拉斯①和维吉尔②的不少诗句，我从前觉得晦涩难懂。但是，爱情令我茅塞顿开，他们的许多章节我都吃透了。读罢《埃涅阿斯纪》③的第四章，我作了一篇有关爱情的评论，准备日后发表。我希望这篇评论会得到读者的好评。"唉！"我边写边说，"像我这样的一颗心，才配得上忠贞的狄多。"

一天，梯伯日到我的囚室来瞧我。他那样热情地拥抱我，实令我吃惊。他对我的友谊有多深，还没有经过考验，我也没有特别珍视，认为只是同窗之谊，同这种年龄的其他青年人之间的友谊没什么两样。相别五六个月，我觉得他长进很大，连他的仪表和说话的语调都令我肃然起敬。他对我侃侃而谈，简直不像我的同学，倒像一位高参。他痛惜我失足，祝贺我能

---

①贺拉斯（公元前65—公元前8），古罗马著名诗人，主要作品有《讽刺诗集》二卷，《书札》二卷，《诗艺》是他的重要理论著作。
②维吉尔（公元前70—公元前19），古罗马著名诗人，主要作品有《牧歌集》《农事诗》和史诗《埃涅阿斯纪》。
③维吉尔的代表作，共十二卷。内容写特洛伊战争中一个英雄埃涅阿斯的经历。

够及早回头。最后，他要我以青年时的谬误为前车之鉴，睁开眼睛看一看情欲声色的虚幻。我惊奇地盯着他，他觉出来了。

"我亲爱的骑士，"他对我说，"我同你讲的话，全是千真万确的，经过认真地观察我才深信不疑。我从前和你一样，沉迷声色。但是，我同时也有爱好美德的天赋。我以理性比较两者的果实，不久就发现它们迥然不同。我的思考得到天主的启示。我对尘世产生了无可比拟的轻蔑。"他还说："我留在人世还没有遁隐的原因，你能猜得到吗？唯一的原因就是我对你的情谊。我深知你心地善良，聪明睿智，无善而不行。享乐这支毒剂害你背离正道。美德蒙受了多大的污损啊！你从亚眠城逃走，给我造成了从未有过的痛苦。从那以后，我一刻也没有过安宁。这点从我采取的行动上，你就可以看得出来。"

他向我叙述说，他发现我骗了他。我带着情妇离去后，他便骑马追赶。但是，我早动身四五个小时，他无法赶上我。不过，我们离开圣·戴尼斯半个时辰，他就到达了那里。他断定我们必然在巴黎落脚，就到那儿寻觅了六个星期，仍不见我的踪影。凡是想到我可能住的地方，他都找遍了。有一天，他终于在喜剧院里认出了我的情妇，见她满身珠光宝气，猜想她穿戴那样华丽，准是有了新的情夫。他跟踪玛侬的马车，一直跟到她的寓所，并从一个仆人口里打听到，是 B 先生供养她那样挥霍。

"我绝不就此罢休，"他接着说，"次日，我又去登门拜访，想从她那儿了解你的下落。她听到我提起你，一转身就走开了，结果我一无所获，只得返回外省。我到外省才听说你这场遭遇，她把你搞得狼狈不堪。可是，在我没有肯定你冷静下来之前，不想来瞧你。""你见到玛侬啦！"我边叹气边说，"唉！你比我幸福啊，我是注定再也见不到她了。"

他责备我不该叹气，这表明我对她仍是藕断丝连。他还巧妙地称道我的性情和善，志趣高雅。他第一次来访就使我产生了强烈的愿望，我要像他那样，鄙弃尘世的一切享乐，献身宗教。

他走之后，我专心品味这个念头，也就不存杂念了。我又想起亚眠城主教先生的话，他也曾劝我投身宗教，并且预言说，我若循此道而行，必将前途似锦。在我的思考中，也掺有虔诚的感情。我自言自语地说："我将过一种贤明的基督徒的生活，钻研学问和宗教，这样，就不容我考虑爱情这种危险的乐趣了。我将藐视世俗所好。我相当清楚,我的心只渴求它所敬重的东西,因此,我能过上清心寡欲的生活。"我憧憬着一种恬淡隐居的生活;计划有一所僻静的住宅,翠林环绕;有一座园圃,尽头是潺潺小溪;有一间书斋,藏有精选的书册,时常接待一些高尚贤明的朋友;餐食可口,但是素淡而节俭。在计划中,我还要同住在巴黎的一位友人书信往来,向他了解社会新闻,主要不是满足我的好奇心,而是要观赏世人的蝇营狗苟。想到这里,我心里说:"这样我不就幸福了吗?我的所有愿望不就全满足了吗?"不消说,这个计划非常合我的心意。但是,经过这样一番精心的安排之后,我觉得内心还期待着什么,若想在最诱人的隐居中无念无欲地生活,就必须有玛侬朝夕相伴。

梯伯日三天两头来看我。在他的启发下,我有了一项计划,找个机会向我父亲谈了。他郑重地回答我说,他的意图是让他的孩子自选生涯,不管我怎样安排自己的将来,他只保留帮我拿主意的权利。他当即给我出了一些好主意,目的不是要我摒弃我的念头,而是要我行动时有足够的认识。新学年即将开始。我同梯伯日商量好,一起进圣·修尔比斯神学院,他准备修完神学科,我则从头学习这门功课。教区主教了解他的品德，在我们入学之前，就为他申请了可观的圣俸①。

我父亲以为我幡然悔悟，摆脱了痴情，所以很痛快地放我走了。我们到了巴黎。教袍取代了我的马耳他十字章，格里欧长老的称呼取代了骑士的名号。我潜心学习，不到数月，就成绩优异。我有时读书到深夜，白天更是分秒必争。我的名声大噪，有人已经向我道贺，认为我的教职已稳操胜券。没有等我申请，我就被列入了领取圣俸者的名单。我不再忽视虔诚的感情，积极参加各种礼拜。梯伯日把我的转变视为他的杰作，在他庆幸我的所谓皈依时，我多次看见他流下了眼泪。

人的决心是反复无常的，这种情况我已经屡见不鲜。一种冲动产生的决心，另一种冲动又可以摧毁它。但是，每忆起到圣·修尔比斯学习，决心是多么圣洁，每忆起到了那里将决心付诸实践，上天赐给了我内心多大的快乐，我就不寒而栗，我竟何等轻率地抛弃了那些决心啊！如果在任何时候，天主的保佑都能与感情的力量相匹敌，那么，请向我指明，一个人是中了什么邪魔，竟会倏地逃脱伦理的职责，既无力抗拒，又毫不愧疚呢？我以为自己已经完全改悟前情，觉得

---

①神甫的一种固定收入。

读一页圣·奥古斯丁①的作品，或者参禅一刻钟，胜过肉欲的全部乐趣，包括玛侬可能会给我的乐趣。然而，一时糊涂，我又堕入深渊。由于再次失足，重新放荡，沉沦得更深，我也就愈加不可救药了。

我在巴黎度过将近一年的光景，始终没有打听玛侬的情况。开头，我克制感情，忍受极大的精神折磨。后来梯伯日的循循善诱和自己的深思熟虑，终于使我战胜了痛苦，以后几个月，我过得非常平静，真以为忘记了那个迷人而负情的女人。学年快要结束时，规定我参加一次考试答辩。我邀请几位德高望重的人光临考场，以至于我的名字传遍了巴黎各区，一直传到我那不忠的情妇耳中。我的姓名冠以长老的称号，她不敢肯定是我。但是，或许她对我尚余点儿好奇心，或许因背弃我而稍感悔意（我一直没有弄清是哪种感情的作用），反正她对与我同姓的人发生了兴趣，邀几位太太来到巴黎大学考场。她旁听了我的答辩，当然不难认出是我。

她来的事，我毫无所知。你们知道，那些地方为

---

①圣·奥古斯丁(354—430)，罗马教会最著名的圣徒。

贵妇人设有专门的听室,隔着百叶窗,外面看不见她们。考试完毕,我满载荣誉和赞扬回到圣·修尔比斯。

我回去不久,晚上六点钟的时候,有人来通知我,说一位太太求见。我立刻到会客室。天哪!万万没有料到,原来是玛侬等在那里。正是她,但比以前更妩媚,更艳丽了。她那时正当十八妙龄,娉婷袅娜,神笔也难描难绘,神态那样灵慧,那样温柔,那样迷人,真是恍若爱神仙子!她的整个身躯都令我销魂荡魄。

一见是她,我呆若木鸡,猜不透她来访的意图。我双目低垂,浑身颤抖,等待她开口说明来意。开头一段时间,她和我一样窘迫。继而见我一直沉默不语,她便用手捂住眼睛,想遮掩她的泪水。她怯生生地对我说,她承认对我不忠,理应受到我的怨责。然而,我如果以前确曾对她有点儿情意,那么蹉跎两年,却未曾想到探询她的下落,我的心真如木石一般了。再说,她在我的面前那样窘迫,我只是瞧着,还不同她说句话,心肠也未免太狠了。听了她的话,我心乱如麻,难以名状。

她坐下来。我依旧站着,侧过身子,眼睛不敢与她对视。我几次想回答,但都缺乏勇气开口。最后,我振作了一下,痛苦地高声说:

39

"无情无义的玛侬！啊！无情之人！无义之女！"

她热泪滚滚，回答我说，她根本不想为她的负情辩解。

"那你想干什么呢？"我又大声问道。

"如果你不把心还给我，"她答道，"我就想死。没有你的心，我就活不下去。"

"要我的命吧，你这个无情无义的女人！"我忍不住失声痛哭，又说道："你要我的命吧，我只有这条命还可以为你牺牲，因为，我的心一直是属于你的。"

我的话音一落，她就激动得站起身，过来又是拥抱，又是亲吻，不知道怎样亲昵才好，并造出各种各样的爱称叫我，以表达她火一样的情感。我却没精打采地应付着。我如死水般的心，骤起狂澜，这是多么难以想象的变化啊！我惶恐，浑身发抖，就像黑夜行路，走在荒山僻野里，落到一处陌生之地，有一种说不出来的恐惧笼罩在心头，只有久久地观察周围之后，这种感觉才会消失。

我们偎依着坐下，我握住了她的双手。

"玛侬啊！"我忧伤地看着她说，"我万万没有料到，我那样爱你，你却狠心以背弃来回报。我的心专为讨你喜欢而存在，唯你是从，除此别无幸福。欺骗这样一颗被你完全主宰的心,岂不易如反掌。现在你告诉我,你找到没找到像我这样温柔顺从的心。不可能,不可能,像我这样质地的人,大自然造出来的寥寥无几。你起码得告诉我,你有没有过惋惜的时候。如今你重发慈悲,又来安慰我的心,这能靠得住吗?我一眼就看出来,你比从前更迷人了。不过,看在我为你受苦的分儿上,玛侬,告诉我,你今后能不能更钟情于我?"

她向我表示痛悔,话语感人肺腑;她立下一大堆誓言和保证,说以后一定忠诚,我听了感动得无法形容。

我不愿亵渎宗教,便把爱情和神学语言混杂起来,对她说道:"亲爱的玛侬啊!你实在令人倾倒,真像一位天仙。我感到,有一种难以抗拒的乐趣,又把我的心攫取走了。别人说,在圣·修尔比斯如何如何自由,我看这不过是海市蜃楼。我心中十分清楚,为了你,我的前程和声名全要葬送了。在你的明眸中,我看到了这种命运。然而,我蒙受那么大的损失,怎么就不能从你的情爱中得到报偿呢?富贵丝毫打动不了我的心,荣华无异于过眼烟云。我的神职生活的计划,也全是异想天开。总之,世间一切荣华富贵,只要与你我所期望的相抵牾,就全都不值一提,我心中的一切,统统抵不住你的一瞥。"

我答应完全不计较她的过错。不过，我想了解，B是通过什么手段把她勾引过去的。她告诉我说，他见她站在窗口，就狂热地爱上了她，并以包税商的身份向她求爱，即在一封情书中对她说，他能得到多少青睐，就掏多少钱。起初她所以应允，并无外心，只想从他身上捞几笔钱，我们好舒舒服服的生活。但是，他许下的美愿弄得她眼花缭乱，使她渐渐地心猿意马。不过，我们分离的那天晚上，从她表现的痛苦来看，我可以判断出她感到了内疚。她说，尽管B供养她，生活优裕，但同他在一起却从未尝到过幸福。B不仅丝毫没有我那种细腻的感情、文雅的举止，而且，就在他不断提供的玩乐当中，她内心依然思念着我的情意，愧疚她的不忠。她向我提到梯伯日，说他去见她，使她无地自容。

"就是在我心上刺一剑，"她接着说，"也不会使我那样惶恐。我转身走掉，在他面前，我片刻也受不住。"

她又告诉我说她是通过什么办法才打听到我住在巴黎、我处境的变化，以及我在巴黎大学的考试答辩。她说听我答辩的时候，她激动万分，简直难以控制自己的眼泪，甚至几次差点发出呻吟和喊叫。最后，她对我说，怕人看见她那种心烦意乱的样子，她是最末一个离开考场的，并且依照内心的旨意和强烈的愿望，径直来到神学院。如果我不打算原谅她，她就决心死在这里。

世间能找到一个野蛮人，对如此痛心缠绵的悔恨无动于衷吗？当时我感到，为了玛侬，我会抛弃基督世界所有的主教宝座。我问她有什么打算，如何安排我们的生活较为妥当。她要我马上离开神学院，找一个可靠的地方安顿下来。我毫无异议，全盘同意她的主张。她回到马车上，在街口等我。过了一会儿，我趁门房没留神，溜了出去，登上马车。经过旧货商店，我又换上镶有饰带的世俗服装，挎上佩剑。这些全是玛侬付的款，因为我身上一文不名。她怕我出圣·修尔比斯碰到麻烦，不让我回房取钱。再说，我的钱也屈指可数，她有 B 的馈赠，相当阔绰，对我那点儿钱根本看不上眼，让我干脆放弃掉。在旧货商店里，我们合计怎么办。为了进一步向我表明和 B 一刀两断，她决心对他毫不留情。

"我把家具留给他，"她对我说，"那是属于他的。我有权带走金银首饰。带走我从他手里捞到的近六万法郎，这是合法的。"她补充说："我没有给予他任何

43

支配我的权利,这样,我们住在巴黎就无须担心。我们要找一所舒适的住宅,在一起幸福地生活。"

我提醒她说,这即便对她毫无危险,我却要冒很大风险,因为迟早会被熟人瞧见。我被囚在家里的那种横祸,随时会再次降临。她向我表示舍不得离开巴黎。我特别怕惹她伤心,为了投合她的趣味,什么风险我也不在乎。然而,我们想出了一个两全其美的办法,即在巴黎近郊的村子里租一所房子。想娱乐或办事的时候,从那里进城很便当。我们选择了夏月村,离城很近。玛侬立刻返回原来的寓所。我在土伊勒利公园的角门外等她。一个小时之后,玛侬带着一个使女乘租车回来,随身还有几件行李,里边装着她的衣物和全部钱财。

我们很快到了夏月村,夜里在旅馆下榻,以便从容地找一所住宅,或者起码找一套舒适的房间。次日,我们就看中了一套。

开头,我以为我的幸福坚如磐石。玛侬是温存体贴的化身,对我关怀备至,我觉得这对我受过的全部苦痛酬报有余。两个人已长了些见识,便在一起算计,钱够多长时间的用度。我们总共有六万法郎,不可能维持长期的生活费用。而且,我们也不想把花销卡得

太紧。玛侬同我一样,最大的长处不是节俭。我们作了如下的安排:

"六万法郎,"我对她说,"可以维持十年生活。假使我们一直住在夏月村,每年两千埃居开支也就够了。我们在这儿过一种体面而俭朴的生活。唯一的大宗开销,就是添置一套马车和看戏,这我们应付得了。你喜欢歌剧,我们每周去两次。至于赌博,要严格限制自己,每次输钱无论如何不得超过两个皮斯托尔。十年当中,我的家庭不可能毫无变化。我父亲年迈了,可能会去世。他一离世,我就能继承一笔遗产。到了那时,我们什么也不用愁了。"

假若我们比较明智,是能够始终遵循这种安排的,这本来算不上是我头脑狂热的产物。但是,我们的决定仅仅执行了一个来月。玛侬一味追求玩乐,我又百依百顺,无时无刻不翻新花样,增加开销。她几次大手大脚地挥霍,我非但不痛惜,反而千方百计地讨她欢心,主动地为她承办。我们在夏月村的住宅,逐渐成了她的负担。冬季临近了,家家户户都搬回城内,村子空荡起来。她向我提议,在巴黎再找所房子,我没有答应。但是,为了多少迁就她一点儿,我说可以租一套配备家具的房间。我们每周都进城参加几次聚会。时间晚了就在城里过夜。夜深回夏月村不方便,这正是她提出搬进城里住的借口。这样一来,我们有了两个住处,一处在城里,一处在乡下。这一变动不要紧,不久便引出两件意外,彻底打乱了我们的计划,把我们的财产弄得荡然无存。

玛侬有个哥哥,是王宫里的卫士。一天上午,玛侬站在窗口,给他瞧见了,认出来是他妹妹。他马上跑到我们寓所。这个粗暴无礼、毫无廉耻的家伙走进我们的住宅时嘴里还不干不净地骂着。对他妹妹与我私奔的事,他早有所闻,见面就对她破口大骂。我当时刚好有事出去,这对他和我当然都是幸事,因为按照我的禀性,我绝不能容忍别人的侮辱。他走之后,我才回去。看见玛侬忧伤的神情,知道出了不寻常的事情。她告诉我说,刚刚挨了她哥哥一顿臭骂,他还粗暴地威胁她。我听了顿时无比气愤,如果不是她哭着拦住我,我会立刻跑去报仇的。我同她正谈这件事的时候,那个卫士没有通报一声,径直返回我们待的房间。我倘若知道是他,对他绝不会那样客气。我们笑容可掬地施礼作答之后,他便对玛侬说,刚才错怪了她,是来给她道歉的。他原以为她过着淫荡的生活,因此很恼火。可是,他向我的一个仆人打听,听说我是个超凡脱俗的人物，倒令他渴慕同我们一起和睦相处。找我的仆人探听我的情况，这种行为虽然有些怪诞，令人反感，但我依然客客气气地聆听了他的恭维。我认为这样做，可以讨玛侬的喜欢。她见哥哥来同我们和解，显得很高兴。我们留他共进晚餐。他一会儿工夫就和我们混熟了，听说我们要回夏月村，他说什么也要陪我们去，我们只好在车里给他让出一个座位。这是他喧宾夺主的开端。因为自从那以后，他表现极其亲热，三天两头地来看我们，不久就习以为常，如同出入他自己的房间一样。在一定程度上，他把我们的一切财产视同己物。他叫我弟弟，借口兄弟之间不分彼此，把他的所有朋友都引到我们夏月村的住宅，用我们的钱款待他们。他还制作考究的服装，用我们的钱支付。更有甚者，他让我们偿还他的全部债务。我怕引起玛侬的不快，便对他那种蛮横无理的行径置若罔闻。他有时向她大笔大笔索款，我也佯装视而不见。他赌博成性，手气好的时候，也确实还给她一部分钱。但是，我们的钱为数有限，无法长期供他那种毫无节制地挥霍。我正想要找他把事情摊开谈谈，却飞来一桩横祸，把这件事岔开了。常言道，祸不单行。这桩灾祸又引起另一桩灾祸，连续打击，使我们陷入了绝境。

有一天，我们在巴黎过夜，这是常有的事，凡遇这种情况，女佣人就独自留在夏月村照看。第二天早上，她跑来向我报告，说我们的房子夜里失火了，人们花了很大力气才算把火扑灭。我问她家具损坏没有。她回答说，很多人跑去救火，场面一片混乱，损失了什么她也说不清楚。我们的钱锁在一个小匣里，我担心得要命，急忙赶回夏月村。可是，再快也无济于事，钱匣早已不翼而飞了。我当时体会到，爱钱不尽然是守财奴。损失这笔钱，我心里痛苦异常，几乎丧失了理智。我心里明白，大祸又要临头了，贫困只是其中最不足道的一种。我了解玛侬，对她早有深刻体验。不管她怎样忠心地依恋我，她可以与我同享欢乐，却不能同我患难与共。她嗜好奢靡，享乐成癖，绝不会为我牺牲这些。

"我要失掉她啦！"我高喊道，"不幸的骑士，你又要失去你所爱的一切啦！"

想到此我心烦意乱，思忖是不是一死了之，好解脱我的万般苦恼，可是迟疑半晌下不了决心。不过，我还没有完全失去理智，在寻短见之前，我要思考思考，是不是真的到了山穷水尽的地步。托天主的福，我闪出一个念头，马上燃起了希望。我认为损失这笔钱的事，可以瞒得过玛侬。通过投机钻营，或者碰碰运气，我也许能比较宽裕地供她用度，不让她感到匮乏。

"按我原来的盘算，"我自我安慰地说，"两万埃居够我们生活十年。假定十年过去了，我所期望家里的变化终未发生，又该怎么办呢？怎么办，我还不大清楚。但是，到那时要做的事情，谁能阻止我今天就做呢？在巴黎，有多少资质鲁钝的人，远远比不上我。然而，他们不管才能高下，总能维持生计！"我思索着人的生活处境千差万别，又自言自语地说："天主不是极其合理地安排了万物吗？有钱有势的人，大多是糊涂虫，稍谙世事的人都懂得这一点。因而，这里边有绝妙的公平。如果那些人既有钱，又有才智，他们的幸福岂不过了头，其余的人也未免悲惨得过分。穷苦的人身心健康，这正有上天赋予他们摆脱贫困的手段。有些人为那些大人先生们取乐，就和他们共享富贵，这是愚弄他们。还有的人，充当那些大人先生们的教师，企图把他们培养成为正人君子。事实证明，这种意图绝少成功，因为不合天意。但是，他们为那些大人先生们效劳，总可以得到报酬，靠受教育者为生。不管采取什么方式，阔佬和要员生来糊涂，这正是小人物生活的极好来源。"

我这样一琢磨，勇气就上来了一点，头脑也清醒了一些。我决定先去找玛侬的哥哥列斯戈先生，同他商量商量。他是个巴黎通，我不止一次地发现，他的主要生活来源既不是他自己的财产，也不是饷银。幸亏身上还有二十皮斯托尔，这是我仅有的钱财了。我把钱包拿出来给他瞧，告诉他发生了倒霉的事，我正为此焦虑，问他除了饿死和绝望自杀之外，还有没有别的路可走。他回答我说，自杀是蠢人之见。有许多聪明人走投无路，却不肯施展才智，结果落个炊断人亡。他让我自己想想能干点什么，不管我选择什么行当，他保险帮助我，给我出谋划策。

"列斯戈先生，这都是些空话，"我对他说道，"我需要解决燃眉之急。就说玛侬吧，我怎么向她交代呢？"

"玛侬有什么难办的呢？"他接着说，"只要你愿意，在她的身上，不是总能找到排遣忧虑的办法吗？像她那样一个姑娘，就应该供养我们，供养你我，供养她自己。"

我本应斥责他那无礼的态度，但是，他不待我开口，抢着继续说，我若是愿意按照他的主意办，他保证在天黑之前，我们就能坐分一千埃居。他说什么认识一位老爷,那人在寻花问柳方面,很不计较金钱,只要能得到像玛侬那样姑娘的青睐,一千埃居对他不在话下。我打断了他的话。

"我看错了人,"我回答说,"你对我的友谊,我原来以为是出自感情,现在看来绝非如此。"

他厚着脸皮向我承认,他向来持这种观点。他妹妹一旦失掉了贞操,虽说是委身给一个她最喜爱的男子,他也不能原谅她。他来同玛侬和解,无非想从她的淫荡生活中捞取好处。现在我才看明白我们一直是受了他的骗。他那番话尽管令我气愤,可我眼下需要他帮忙,不得不强作笑脸回答他说,他的主意是最后一招,不到万不得已绝不采用。我求他给我找找别的出路。他说我年少,天生一副好面孔,建议我拿容貌作手段,去勾搭一位不吝钱财的年老贵妇人。这个办法也令人作呕,我不能不忠于玛侬。我向他提到了赌博,认为改变我的困境用这种办法最简便,也最适当。他说赌博确实是一条出路,但也要看赌法如何。抱着通常的愿望去赌钱,我非彻底输个精光不可。企图单枪匹马,不用帮手,不施展点儿小手段改变命运,即使聪明伶俐,风险也实在太大。但是,还有第三条路,就是拉帮结伙地干。不过,我年纪太轻,要想入伙,怕赌会的那些先生们嫌我不够资格。话虽如此，他还是答应在他们面前替我通融通融。出我意料的是，他表示，我如果感到手头拮据，他倒愿意解囊相助。我只祈求他一件事，那些有关我的损失和我们的谈话，什么也不要告诉玛侬。

我从他那儿出来，心里更为失望，甚至悔不该把我的秘密告诉他。我不告诉他实情，他也同样会答应帮我那点忙的。我担心得要死，生怕他不信守诺言，把我的事透露给玛侬。从他公开表露的情绪来看，我担心他要捣鬼是有理由的。按他的说法，就是从玛侬身上捞取好处，把她从我手中夺走，或者起码劝她离开，去投靠一个更为阔绰、更有福气的情夫。我一直冥思苦想，越想越烦恼，同上午一样，又绝望起来。我几次想给我父亲写信，再佯装痛改前非，好从他那里弄点儿资助。但是，我随即回想起来，尽管他对我很慈爱，但我初犯过错，就被他幽禁了达半年之久。这次我从圣·修尔比斯潜逃，闹得满城风雨，他决不会轻饶我。我想来想去，茫无头绪。最后忽然产生一个念头，心情顿时平静了下来。我自己也奇怪，向我的朋友梯伯日求助，这个办法怎么早没想到呢！在他身上，我确能找到始终不渝的热忱和友情。

给予贤德的人最大赞扬和最高称誉，莫过于我们不但深知他们廉正，而且对他们信赖无疑。向他们求助，我们毫无危险之感。他们有时即使无力帮忙，你也尽可放心，他们起码会表示友善与同情。在一般人面前，我们的心扉谨慎地封闭着，在他们面前却自然地洞开了，宛如鲜花只待阳光的轻抚就会开放一样。

我正当走投无路时，忽然想到梯伯日，觉得这是苍天保佑我。我决定设法在天黑之前见到他。我立即返回寓所，给他写了封便函，把适合我们谈话的地点告诉他。我嘱咐他要保密和谨慎从事，我的处境不妙，他能守住秘密，就算他给我最大的帮助了。因为马上就能见到梯伯日的面，我心里轻松下来，脸上的愁容也为之一扫而光，否则，玛侬肯定会看出我的心事。我对她说，夏月村的住房失火无足挂齿，不必惊慌。损坏虽然轻微，但修复之前，我们住在巴黎市内比较适宜。她听了这番话，对损失也就毫不痛惜了，因为巴黎是她最喜欢待的地方。一小时之后，我收到了梯伯日的复信，他答应到指定的地点去。我急忙赶到那里。去见这样一位友人，我真有些惭愧。他只要在我的面前一站，不用开口，我就感到他在谴责我的放荡。好在我深知他心地善良，而且是为玛侬着想，我才鼓起了勇气去同他会面。

我在信上请他到故宫花园去。他比我先到一步。他一瞧见我,就迎过来拥抱我,紧紧地拥抱了半响,我的脸感到被他的泪水润湿了。我说同他见面实在惶愧,内心深感辜负了他的情意。我首先请他告诉我,在我理应完全失掉他的尊敬和友情之后,我对他是否还能以朋友相待。他极其温和地回答说,什么也不能使他放弃这种资格。我的不幸遭遇,如果我允许他直说的话,我的过错和放荡,更加深了他对我的感情。这种感情夹杂着剧烈的痛苦,如同眼瞅着一个亲人濒于深渊,又无法救助他一样。

我们坐到一条长椅上。

"唉!"我长叹一声,对他说道,"亲爱的梯伯日,如果真像你说的,你对我的同情与我的痛苦一样深,那你的同情心也确实非寻常可比。让你看到我的痛苦,我感到惭愧。因为说句心里话,造成这种痛苦的根由并不怎么光彩,可是后果却很惨重,即使爱我不如你深的人,听了也会感动的。"

他说既然是朋友,就要有所表示,他让我痛痛快快地告诉他,我自从离开圣·修尔比斯后都有哪些遭遇。我满足了他,如实地向他讲了真情,并没有轻描淡写,掩丑饰非，以期给人造成值得谅解的印象。我以爱情激发我的全部力量，大谈我的痴情。我对他说，这种痴情就像命运的一次特殊打击，非毁掉一个可怜的人不可。德操不能防范它，智慧也无法预见它。我绘声绘色地对他刻画我的苦恼、忧虑和绝望。见面两个小时之前，我就已经走投无路。如果我的友人也和我的命运一样，无情地抛弃我，我就又要陷入这种绝境了。最后，我说得善良的梯伯日感动极了。他同我一样难过，但他是出自同情，我是因为痛苦。他一再拥抱我，要我鼓起勇气，但放宽心。可是，他总把抛弃玛侬当作前提。我明确地告诉他，我认为同她分离是我最大的不幸，我宁可穷困潦倒，甚至悲惨地死去，也不会接受这剂药方，它比我的全部病痛加在一起还要难以忍受。

"你说个明白，"他对我说，"所有的建议既然一概不中你的意，我到底能给你什么帮助？"

我需要的是他的钱，但又不好意思明说。不过，他终于明白了我的意图，对我说好像听懂了。但是，他沉默了半晌，脸上显出迟疑的神情。

"我虽这么思索了一下，"他说，"你不要错以为我的热情和友谊冷却了下来。你真是叫我左右为难，你唯一能接受的帮助,我是应该拒绝呢,还是违背我的职责答应你呢?因为答应你,你就能继续放荡下去,这不就等于我助你作恶吗?"他考虑了片刻,又对我说道:"不过我想,你也许被穷困所迫,处境恶劣,身不由己,才作不出最好的抉择。只有心情平静时,才能感受到智慧与真理。我想办法给你搞点儿钱,亲爱的骑士。"他拥抱我一下,接着说道:"请允许我只附加一个条件:把你的住址告诉我,起码让我力争把你引回到贤德的路上来。我知道你是讲究德行的,只是强烈的欲念害得你走上了歧途。"

他提出的条件我全应了下来,并请他体谅我的苦衷,是厄运作祟,我才轻慢了一位贤友的规劝。他立刻去找他相识的一位银行家,在他的账户上给我支出一百个皮斯托尔,因为他根本没有现款。我在前面说过,他并不富裕。他的年俸是一千埃居,不过他是头一年领俸,从前毫无进项,因此,他为我支取的钱,是他将来的收益。

我体会到了他慷慨之中的全部心意。我深受触动,甚而怨恨起宿世孽债,悔不该为情丝所缚,忤逆了全部职责。其实在我心中,道德还有相当的力量,能够进而与我的情欲抗争。在这种头脑清醒的时刻,我起码还能意识到，像我这样堕入情网，实在有些可耻和荒唐。但是，这种斗争并不激烈，时间也很短暂。一见到玛侬，我就会从天上跌下来。我回到她的身边时，心里暗暗惊奇，这样可爱的人，我爱上是完全正当的，怎么竟一时会感到羞耻呢！

玛侬是有个性的女人。她不爱钱，在这点上，哪个姑娘也比不上她。不过，她若是担心缺钱的时候，就没有片刻的安宁。她需要玩乐和消遣。如果不用花费就能办得到，她永远不会要一文钱。我们有多少钱财，她连问都不问，只要每天过得快活就行。她既不对赌博狂热嗜好，也不会被奢侈淫靡弄得晕头转向。她很容易满足，只要按照她的口味，每天变换花样行乐即可。但是，她离不开玩乐，终日沉湎于其中，否则她的脾气和情趣就会变化无常。她虽然深情地爱我，而且她也承认，只有我才能使她享尽爱的甜情蜜意。然而，我几乎可以肯定，一朝享乐不成，她的爱情就会化为乌有。只要我有一点儿钱财，她爱我就会胜过爱世间的一切。但是，我也毫不怀疑，当我身无分文，仅剩下一颗不渝的忠心奉献给她时，她就会弃我而去，投靠一个新的 B。我决心紧缩自己的开支，好能一直应付她的花销。我自己的必需品，宁可一样不买，也不愿意对她的无用开销加以丝毫限制。马车最令我发愁，事情明摆着，我没有钱养马和雇用车夫。我把难处告诉了列斯戈先生，向一个朋友借到一百皮斯托尔的事，我也没有瞒他。他一再对我说，如果我想碰碰赌运，情愿掏出一百法郎款待他的会友，那么在他一力保举之下，我准能加入他们的"技巧会"。尽管我厌恶骗人的勾当，为救燃眉之急，我也不得不走这条路了。

当天晚上，列斯戈先生就把我介绍给他们，说我是他的一位亲戚。他说我准能在赌场上大显身手，因为我需要命运的照拂。我虽然清贫，却不是一个卑微的人，为了向他们证明这一点，他说我有意请他们吃饭，他们接受了。我让他们美餐了一顿。他们以我为话题，谈了许久，说我温文尔雅，气度不凡，都认为我大有希望，因为我的外貌有正人君子气概，谁也不会怀疑我能弄虚作假。最后，他们称赞列斯戈先生立了一功，为赌会添了一位有我这样才干的新手。他们指定一名骑士，在几天内给我必要的指教。我大显身手的主要场所，是特朗西瓦尼旅馆，那里开了一个房间，摆有法老纸牌桌，长廊里多处设有各种纸牌和骰子。这家赌场是 R 王子开设的，他本人住在克拉尼，手下的军官大部分属于我们赌帮。说起这种事来，我能不惭愧吗？不久，我用上了师傅传给我的本领。我在换牌、发牌作弊方面特别熟练。凭着一对长袖筒，我可以骗过最机灵的眼睛，轻而易举地把牌藏起来。我不动声色，便把许多规矩的赌客弄得倾家荡产。倚仗这种特别的技巧，我很快发了横财，没过几周，几笔巨款就弄到手了，还不包括我好心分给同伙的数目。于是，我消除了担心，把我们在夏月村的损失告诉了玛侬。在告诉她的同时，为了安慰她，我又租了一所家具齐全的住宅。我们搬到那里，感到又阔绰，又安全。

这期间，梯伯日不断来看我。他的道德说教无休无止。他唠唠叨叨地对我说，我对不住良心、声誉和前途。我以友好的态度洗耳恭听，虽然没有丝毫打算听从他的劝告，却也感激他的热诚，因为我了解他的动机。有时，当着玛侬的面儿，我开心地拿他打趣，劝他不要恪守清规戒律，要学学大多数主教和教士，他们善于把一个情妇和一笔俸禄协调一致。

"你瞧瞧，"我指着情人的眼睛，对他说，"为了这样的美人儿，你说犯什么过错不值得呢！"

他耐着性子，甚至显得相当大度。但是，他看到我的财富与日俱增，不仅还给他那一百皮斯托尔，还租了新住宅，增加了花费，愈加耽于饮馔声色之中，他的口气和态度就完全改变了。他谴责我执迷不悟，威胁说上天将惩罚我。他向我预言的灾祸，有些不久果真降到了我的头上。

"你这样骄奢淫逸，"他对我说，"肯定花的是不义之财。你的钱财来路不正，同样会让别人骗走。上帝最可怕的惩罚，就是先让你心安理得地享乐。"他还说："我所有的规劝，对你都不过是耳旁风。我已料到了，你不久就会讨厌我的规劝。永别了，忘恩负义、毫无骨气的朋友。但愿你的罪恶享乐像影子一样消逝！但愿你的金银财宝损失殆尽，让你孑然一身，一贫如洗，好使你感受到醉心于富贵，不过是一场黄粱美梦！到那时候，你才能指望我来爱你，帮助你。现在，我要同你断绝一切来往，我鄙视你过的生活。"

他就是在我的房间里，当着玛侬的面，给我这通说教的。他站起身要走，我想挽留他。但是，玛侬拉住我，对我说他是个疯子，要走就随他的便吧。

他的话不免触动了我。我发现有不少这样的机缘，我的心想要择善而从。后来，在生活最不幸的时刻，我有勇气支持下来，多少是由于想起了他的话。刚才的场面在我心中引起的忧虑，很快被玛侬的抚爱驱散了。我们一如既往，过着充满乐趣和情意的生活。财富愈增,我们的爱情愈浓,在爱神和命运女神的奴仆中,没有比我们更幸福、更多情的了。天啊!既然在人间能尝到这样令人荡魂的乐趣,怎么能将其说成是悲惨世界呢?享乐的不足之处是它倏忽而过。如果凡尘的欢乐可以永继,人还会追求别的什么幸福吗?我们的快乐生活也没有摆脱一般的命运,即好景不长,接着而来的便是辛酸的悔恨。我在赌博中赢的钱,款额很大,打算存起一部分来。我们的仆人,尤其是我的随仆和玛侬的使女,都知道我在赌场上走了红运。在他们面前,我们说话常常不加戒备。那个使女长得很漂亮,我的随仆爱上了她。他们是同年轻的、好说话的主人打交道,觉得容易欺骗。他们定下了拐骗的计谋,而且也真的干了。我们遭受了这次打击,从此一蹶不振。

有一天,列斯戈先生请我们用晚餐,我们回去时已近午夜。我叫我的随仆,她叫她的使女,但没见一个人露面。别的仆人告诉我们说,从八点钟起,他们就不见了,说是根据我的指示,搬走了几个箱子,然后就离开了寓所。我预感出事了。但是,等我到卧室一看,才真正大吃一惊,我的猜测远远不够。内室的锁头被撬开,我的钱财和衣服被洗劫一空。我正独自思索这次变故,玛侬慌慌张张地跑来告诉我,她的房间也被搜刮精光。这次打击太惨重了,我仅仅凭着理智,强打着精神,才没有大哭大叫起来。我害怕把绝望的情绪传染给玛侬,就故作镇静,开玩笑地对她说,我到特朗西瓦尼旅馆去,找个傻瓜耍耍,就能捞回来。然而,我们经受这次灾祸,看样子她非常痛苦,我装出来的愉快情绪非但没能使她免于过度沮丧,她的凄然神情反倒引起了我的悲伤。

她含着眼泪对我说:"我们完啦!"我千方百计地安抚她,可是不起作用,结果弄得我也哭起来,内心的绝望和惶恐暴露无遗。事实上,我们彻底破产了,连一件衬衣都没有剩下。

我立即差人把列斯戈先生请来。他建议我马上去找巴黎警察总监和王宫监察使。我照办了。但是,我这一去,又促成了更大的不幸。我亲自去交涉也好,托人去见那两位司法官也好,不但没有解决任何问题,反而让列斯戈有充裕的时间,趁我出门儿的时机,撺掇他的妹妹作出一个骇人的决定。他向玛侬提起老色鬼 G.M. 先生,说他为了寻欢作乐,挥金如土。他让玛侬明白,委身于那人,定然大有好处。玛侬因为我们遭劫,正一筹莫展,对她哥哥也就言听计从。在我回去之前,这项不光彩的交易就敲定了。列斯戈通知了G.M.先生,第二天就行动。我回去时,列斯戈在房间里等我。玛侬已经在她的卧室里躺下,她吩咐仆人转告我,她需要休息一阵儿,请我让她那天夜里单独安歇。列斯戈给了我几个皮斯托尔,我接受了下来,然后他就走了。

我上床时已近凌晨四点钟,心中一直惦念如何重振产业,很久才入梦乡。一觉醒来已经快十一二点了。我急忙起床,过去询问玛侬的身体如何。仆人对我说,她出去有一个小时了,是她哥哥租车接走的。列斯戈的这种举动,我虽然觉得有点儿诡秘,但还是竭力不去猜疑。于是拿起书来,消磨了几个钟头。最后,再也按捺不住心中的烦躁,开始在室内大步走来走去。我走进玛侬的房间,发现桌上有一封未拆开的信。信是写给我的,上面是她的笔迹。我浑身颤抖着拆开了信。信中这样写道:

"我亲爱的骑士,我向你发誓,你是我心中的偶像。在世间,只有你才配得上我这样爱。可是,我既可爱又可怜的人儿啊,我们落到这种地步,你没发现钟情是一种愚蠢的德操吗?在缺少面包的情况下,你认为还有温情可言吗?饥肠辘辘,我难免要犯错误。终有一天,当我叹最后一口气的时候,我坚信这是在为爱情而叹息。我崇拜你,请相信这一点。但是,容我一点儿时间,让我来运筹谋划我们的幸福。谁钻进我的圈套,谁就要大倒其霉!我将为我骑士的富有和幸福而努力。你的玛侬的消息,哥哥会告诉你。你也将知道,她因为不得不离开你,曾痛哭过一场。"

看完这封信,我的心情实在难以描摹,因为直到今天,我还分辨不清是什么情绪扰乱着我的心。我那种心境是独一无二的,不能和寻常的感觉同日而语。它是无法言传的,因为别人没有那种感受。就是我,当时也琢磨不透究竟是什么滋味,因为它是独特的,与记忆中的感受毫无联系,甚至与任何已知的感觉都不能比拟;然而,不管我的感觉属于哪种类型,其中肯定包含痛苦、怨愤、妒忌和羞愧。如果其中没有更多的爱情成分,那就算幸运了!

"她爱我,这话我愿意相信,"我高声说道,"除非是魔鬼,她才会憎恨我呢!别人占有一颗心的权利,我哪点不具备,不配占有她的心呢?我为她牺牲了一切,还有什么没做到呢?然而,她却抛弃了我!这个无情无义的女人,以为对我搪塞一句,说她一直爱我,就能免遭我的责备吗!她害怕挨饿。爱神啊!这是多么庸俗的感情!和我的眷眷深情多么不相称啊!为了她,我不怕挨饿，情愿过饥寒交迫的生活，放弃了我的前程和家庭温暖；为了满足她随心所欲的要求，我自己的必要花费一减再减。她说什么崇拜我。无情无义的，你这样说，我知道是谁出的主意。你若是真的崇拜我，起码不会不辞而别。同自己崇拜的人生离死别的滋味，谁能比我更清楚，只有丧失理智的人才会自找这种痛苦。"

一个人走进屋来，打断了我的哀怨。出乎我的意料，来人正是列斯戈。

"刽子手！"我一只手按着佩剑说道，"玛侬在哪儿？你在她身上打的是什么鬼主意？"

见此情景，他慌了手脚，回答我说，他来找我是想帮我大忙的，我若这样对待，他便告辞，从此不再登门了。我跑到门口，把房门紧紧锁上。

"别以为我是傻瓜，"我转过身来对他说道，"休想再拿鬼话来骗我。把玛侬给我找回来，不然就小心你的脑袋。"

"看！你也太性急啦！"他说，"我正是为这件事来的。我要告诉你，你可想不到，喜事临门啊。你听了之后也许会对我感谢不迭呢。"

我要他当场说清楚。他说玛侬受不了战战兢兢的穷日子，尤其怕骤然改变先前的一套生活方式，因此求他介绍，认识了慷慨大度的 G.M. 先生。其实，主意是他出的，把玛侬带去之前，一切也全是他一手安排的，这些他都讳莫如深。

"今天上午我把玛侬带去了，"列斯戈接着说道，"那位大老实人在她的容貌面前倾倒了，当即邀她陪伴，到乡间别墅去小住几天。"他又补充道："我看出你可以从中得利，心中顿生一计。于是我巧妙地向他透露，玛侬遭到了巨大损失，用几句话狠狠地激了他一下，让他发发善心，因此初次见面，他就赠给玛侬二百皮斯托尔。我对他说，这些钱眼下还勉强应付得了，不过我妹妹日后还要有几大笔开销。再说，她还要抚养一个小弟弟，父母双亡之后，这个担子就落到我和妹妹的肩上。他如果觉得玛侬值得他敬重，就不该坐视不管，让她为这个可怜的孩子操心。她最喜爱这个小弟弟了。我所说的那孤苦伶仃的小弟弟就是指你。我这么一讲，果真打动了他。他答应给你和玛侬租一所舒适的住宅，还给你们添置像样的家具，每月给你们四百里弗尔①。如果我算得不差的话，一年就

---

①法国旧币名。

是四千八。他动身下乡之前,吩咐他的管家找一所房子,等他返回时就要收拾妥当。他们一回来,你就又能见到玛侬了。她让我代她多多地拥抱你,并且向你保证,她更爱你了。"

我坐了下来,思索着命运为我所作的奇特安排。我爱不是,恨也不是,左右为难,因此沉闷了半晌,列斯戈再三地催问我,我也没作理会。此时此刻,名誉和道德观念还能使我感到愧疚。我长叹了一声,眼睛又转向亚眠城,转向我父亲的宅第、圣·修尔比斯神学院,以及我度过清白生活的所有地方。我和那种幸福的境界相隔已经不止十万八千里了!我只能遥念那种境界。它像幻影一样,虽然还能引发我的憾意和渴望,却无法激起我的奋发之心了。

"我前世造了什么孽,"我说道,"今世的罪恶才如此深重?爱情是一种贞洁无瑕的情感,为什么到了我身上,就变成了罪孽与堕落的渊薮?我同玛侬一起过安谧清白的日子,谁又会阻拦呢?在享受她的爱情之前,我为什么不同她结婚呢?我父亲非常喜爱我,假使我提出正当的请求,百般央告,他有不应允的道理吗?啊!我父亲会喜欢她的,她是个招人喜爱的姑娘,完全配作他的儿媳。有玛侬的爱情、父亲的慈爱、正派人的敬重，坐享家财，保持情操和内心的恬静，这样我有多么幸福。如今算交上厄运啦！他们让我充当的角色是何等猥亵！怎么，我要去分享……但是，如果是玛侬安排的，如果我不遵从就会失去她，我还能犹豫不决吗？"

"列斯戈先生，"我大声说道，同时闭上眼睛，好像要排除心头的烦恼，"你果真是想帮忙，我就感谢你。你本来可以采用一种体面的方法。但是，既然木已成舟，现在想别的都没用，只好借重你的照应，实现你的计划了。"我开头大发雷霆，接着又沉默了许久，列斯戈进退维谷，心里很怕我饶不过他，结果见我的态度陡然变化，简直是喜出望外。他那个人根本谈不上勇敢。后来我算把他看透了。

"是啊，是啊，"他急忙回答我说，"我是帮了你大忙。以后你就看吧，我们能捞到许多许多油水，你想都想不到。"

于是我们商量对策，如何迷惑 G.M. 先生，不让他对我们的手足关系产生怀疑。我的个头挺高，年龄也许显得大点，同他的想象显然会有出入。无计可施，我只有在他面前装成单纯土气的样子，并且使他相信，我打算献身宗教，为此我每天还得去神学院。我们还商定,把我引见给他的时候,我要穿戴得很不得体。

三四天过后,G.M.先生回到了城里。玛侬立刻派人告诉列斯戈说她回来了。列斯戈又来告诉我,于是我们又一同去见她。老情夫已经出去了。

我虽然忍气吞声,屈从她的意志,可是重新见到她时,却压抑不住满腹牢骚。在她面前,我显得凄凄楚楚,无精打采。见面是高兴的事,但无论如何也盖不住我对她不忠的痛心。相反,她见到我却欣喜若狂。她埋怨我不该冷淡她。我禁不住连声叹息,随口用无情无义一类字眼儿来数落她。她开头还嘲笑我的脑袋不开窍,可是看到我的眼睛一直忧郁地凝视着她,发现我对这个违背禀性和愿望的变化始终耿耿于怀,就独自回到内室去了。过了一会儿,我也走进去,见她正在那里饮泣,便问她哭什么。

"这还看不出来吗?"她对我说,"你见到我就黯然神伤,可让我怎么活呢?你来了有一个钟头了,对我一点儿亲热的表示都没有。你可倒好,就像在深宫里的土耳其皇帝一样,对我的亲昵理都不理。"

"听我说,玛侬,"我一边拥抱她,一边答道,"我不能瞒你,我伤心得要死。你突然就跑掉了,抛下我一个人为你担忧。你单独睡了一夜,一句安慰的话也没说就狠心地弃我而去,这些我都暂且不说。在你的魅力面前,这种事情再多我也会忘却的。"我流着眼泪继续说,"但是你想想看,你让我住进这所房子,过这种凄凉不幸的日子,想到这一点,我能不叹息、能不流泪吗?抛开我的身世名誉不谈,现在同我的爱情发生了冲突的事由,不能再说是无足轻重的了。就以爱情本身而论,难道你就想象不出来,一个人的一片情意没有得到回报,说得更确切些,被一个薄幸冷酷的情人无情地践踏了,他能不发出痛苦的呻吟吗?"

"……别说了,我的骑士,"她打断了我的话,"别再折磨我了,你的话总是使我心如刀绞。我明白是什么挫伤了你。我原来指望你能赞同我的计划,让我重新置点儿财产。我开始时没让你参与,也是想照顾你的面子。既然你不同意,那就放弃好了。"

她还补充说,只求我在那天再迁就她一下。那位老情夫已经给了她二百皮斯托尔,并说晚上回来,再送给她一串华丽的珍珠项链和别的首饰,此外,还要把他许下的年金的一半款数点给她。

"只容我一点儿时间接受下这些礼物就行啦,"她对我说,"我向你起誓,他事后绝无法夸口说从我身上捞到了什么便宜,因为我一直推延,让他忍到回城再说。

他是吻过我的手,也确实不下百万次,为了这种乐趣他破点财也是应该的。同他的财产和年纪相比,他拿出五六千法郎一点不算过分。"

能弄到五千里弗尔倒也罢了,主要是她的决定令我高兴。我有权利认为,我心中没有完全丧失荣誉感,只要能逃脱这种龌龊的勾当,我也就心满意足了。但是,快乐如白驹过隙,痛苦却无边无际,这就是我生来的命数。命运把我从一个深渊中解救出来,又把我推入另一个深渊。我对玛侬又亲又吻,向她表示她改变主意我有多兴奋。接着我对她说,必须通知列斯戈先生,往下我们好默契配合。列斯戈听说计划有变,开始满腹牢骚,但得知能稳拿四五千里弗尔,他也就欣然同意了。我们决定同 G.M. 先生共进晚餐。这样做出于两种考虑:一是我扮演一名学生、玛侬的弟弟,演出一场好戏,让我们开开心;另一个考虑是,谨防那个老色鬼向我的情人动手动脚,他会以为如此大方地预先付款,就有权放肆了。等他去卧室准备睡觉的时候,我和列斯戈就退出来。至于玛侬,她要设法不随他进卧室,然后也按计划离开,和我一起过夜。列斯戈去张罗一辆马车,准时在门前等候。

该吃晚饭了,G.M. 先生准时来到。列斯戈和他的妹妹在客厅里。老头子一进门儿,就向他的美人儿殷勤地献上了一串珍珠项链、几副手镯、几只宝珠耳坠,这几样东西起码值一千埃居。然后,他数给她半年的补贴,总共四千四百里弗尔,全是黄澄澄的金路易。他按照旧朝廷的方式,送礼物时说了许多亲昵的话。玛侬不好拒绝,免不了让他吻了几下,这样,她接受他的财物也就名正言顺了。我站在门口谛听,等候列斯戈叫我进去。隔一会儿了,列斯戈出来了,他拉着我的手,把我带到 G.M. 先生面前,让我给他施礼,我深深地鞠了两三躬。趁这工夫,玛侬把钱和首饰全收了起来。

"先生,请您原谅,"列斯戈对他说,"他是个没见过世面的孩子。您也看得出来,他没有一点儿巴黎人的派头。但是让他受些熏陶就能出息的。"他又回过头来对我说道:"在这里你能经常荣幸地见到先生,这样好的师表你可切莫错过呀。"

老情夫见到我显得很高兴。他用手指头在我的脸上戳了几下,说我是个俊俏的后生,说在巴黎可要当心,年轻人很容易堕落。列斯戈向他保证说,我天生就很规矩,一心想当教士,我的全部兴趣就是造小教堂玩。

老头子用手托起我的下颌,说道:"我看他长得很像玛侬。"我故作傻气的样子答道:"先生,这是因为我们是一家子。我喜欢玛侬姐姐,她就像我的替身一样。"

"您听见了吗?"他对列斯戈说,"这孩子挺聪明的,可惜没见过多大世面。"

"哎!先生,"我又说,"比我蠢的,在我们那儿的教堂里我见的多了,在巴黎肯定也会有。"

"瞧瞧,"老头子接上说,"一个外省的孩子,讲话还振振有词儿呢。"

吃晚饭的时候,我们的谈话几乎全是这样的谑语。玛侬喜欢开玩笑,有几次竟大笑起来,差点儿坏了事。我一边用餐,一边把老 G.M. 的这场经历同他要落到的下场串成故事,趁机讲给他听。讲述中间,尤其是我活灵活现地描绘他的相貌时,列斯戈和玛侬都吓坏了。然而 G.M. 的虚荣心很强,根本就没往自己身上联想。结尾我圆得很妙,他头一个说故事很招人笑。你们也会理解,我当时大肆渲染那个可笑的场面不是没有缘由的。最后,安歇的时间到了,他提到他爱慕心切。列斯戈和我便告退。仆人把他引入卧室。玛侬借口有点事情来到了门口,我们三人会合了。马车停在隔三四座房子远的地方,我们一出门,马车就过来接我们。我们很快便离开了那个区。

在我看来，那次行为虽然是一种地道的诈骗，但还不是值得我责备自己的最缺德的勾当，使我惴惴不安的是在赌博中骗来的钱。不过，不管是什么样来路的钱财，我们都没有很好地利用，而在这两种不道德的行为中，上天却让最轻的一种受到了最严厉的惩罚。

G.M. 先生很快就发现上了当。我不知道他是不是当天夜里就采取措施寻找我们的，但是，此公权势相当大，很快就查出了我们的下落。我们却实在大意，过分地相信巴黎地广人稠，认为我们的住区离他的住区又很远，便可以高枕无忧了。他不仅探听到我们的住址和当时境况，还了解到了我是什么人、我过去在巴黎的生活、玛侬从前与B某的关系，以及后来又如何欺骗了B某人。总之，他掌握了我们过去的全部丑事，因此他拿定主意要逮捕我们，而且不把我们当成刑事犯，而是当成放荡成性的人来处置。

我们还睡在床上，一名警官就带六七个警察突然闯进了卧室。他们先搜去了我们的钱，或者不如说是G.M. 的钱，催我们立刻起床，随后把我们带到大门口。我们瞧见门口停着两辆马车。他们没作任何解释就把玛侬塞进一辆车里带走了，我被另一辆车拉到圣拉扎尔教养院。只有经受过这种挫折的人，才能感受到我当时的绝望。看守警察非常粗暴，甚至都不准许我拥抱一下玛侬，连说一句话都不行。我在很长时间里得不到她的音信，但这对我来说倒是一件幸事。若是一开始就知道她遭受那样可怕的磨难，我就会经不住打击，很可能精神失常，甚至会断送性命。

就这样，我苦命的情人在我眼前被捕，被送到一座监牢，那座监牢的名字我实不忍心说出。如果天下男人的眼光和心肠都像我一样，那么，玛侬这样一位绝代佳人，足以占据世间第一个宝座。然而，她竟身陷囹圄！她在那里并没有受到野蛮的虐待，但她被关在一间狭窄的囚室里，孤苦伶仃，每天被罚做手工，以此换取一天吃的那点令人恶心的食物。过了很久，我才得知她的遭遇如此悲惨，因为我自己也被关起来，过了几个月严酷烦闷的惩罚生活。押解的警察不告诉我究竟要把我带到什么地方去，直至到了圣拉扎尔的门前，我才知道了自己的命运。当时我真是情愿一死，也不愿意陷入这种境地。我非常害怕那所教养院。为了确保我身上没带武器，进门时押解的人再次搜查了我的衣兜。没有了自卫的手段我心中的恐惧感更加重了。院长立刻来了，他事先已收到我要被押来的通知。

他非常和蔼地同我打招呼。

"神甫,"我对他说,"千万不要侮辱我。我宁愿千死万死,也受不了一丝一毫的侮辱。"

"不会,不会,先生,"他回答我说,"今后您的行动如果谨慎的话,咱们彼此都会满意的。"

我顺从地随他来到楼上的一个房间。看守也跟着到了门口,院长打个手势挥退他们,便同我进了屋。

"现在我是您的犯人,"我对他说,"怎么样,神甫,您想如何处置我呢?"

他对我说,听我能用通情达理的口气讲话,他很高兴,他的责任是尽量激发我对美德和宗教的热爱,我的责任是听从他的规劝和引导。我只要多少有点诚意,不辜负他对我的关切,就能在孤独中尝到乐趣。

"哼!乐趣!"我接着说道,"您不知道,神甫,只有一件事情能使我尝到乐趣!"

"知道,知道,"他回答说,"不过我希望您的爱好能够改变。"

听他这么一说,我明白他已掌握了我的风流韵事,也许连我的姓名都知道了。我请他把话说明白。他坦率地对我说,别人把我的全部情况都告诉了他。

让别人了解了这种底细,这是对我最严厉的惩罚。

我真是痛恨欲绝，眼泪就像断了线的珠子一样滚落下来。认识我的人都会把我当成笑料，认为我败坏了门庭；蒙受这样的耻辱，我简直无地自容。整整一个星期，我一直处于这种极端颓唐的状态，什么也听不进，什么也不想，只是品味着我的耻辱。我痛苦到了极点，即使对玛侬的思念，也无法再增添我的痛苦了。对她的回忆起码是这种新痛苦之前的事，这时占据我心灵的只有羞耻和惭愧。这种特殊的内心活动的力量，只有少数人才能体会到。普通人仅有五六种欲望，他们一生就是在这几种欲望的圈子里度过的，喜怒哀乐也无一脱离这个范围。从他们的内心排除爱与恨、欢乐与痛苦、希望与恐惧，那他们就没有任何感觉了。品格高尚的人则不同，他们能有千百种不同的感觉，他们似乎不止有五种感官，还能够接受超出自然界限的观念和感觉。他们意识到是这种伟大的特性使他们超凡脱俗，便把它看得比什么都重。正因为如此，他们特别不能容忍别人的蔑视和嘲笑。他们最强烈的感情之一就是羞耻心。

在圣拉扎尔，我正是具有这种可悲的长处。院长见我一直极度悲哀，怕我忧郁成疾，便对我格外温和宽容。他每天总来看我两三次，还经常带我到园子里散步，极其热心地规劝我，并给我以忠告。我温顺地听着，甚至还向他表示感激。他觉得我很有希望改过自新。

"您的性情这样温和，这样可爱，"他有一天对我说，"我真不明白，您怎么会像别人控告的那样放荡？有两件事我感到惊奇：一件是您有这样好的品德，怎么竟毫无节制地放荡呢？另一件更叫我赞叹，就是您过了几年的放荡生活，已经习以为常了，怎么会这样痛快地接受我的规劝和指导呢？如果出于悔过，您就是受上天宽宥的出色榜样；如果是天性善良，那么，您起码本质很好。因此我想您用不着在这里关多久，就能重新过上体面安分的生活。对此我满怀希望。"

听罢他对我的看法，我真是喜出望外。我决心处处谨慎，让他心满意足，好加深他对我的好感。我深信，这是缩短囚期的最稳妥的办法。有一次我向他借书看，他让我自己挑选。我拣了几本严肃作家的著作，这使他深感意外。我佯装专心致志地学习，随时随地都让他看到，他期望的变化已经在我身上产生了。

然而这不过是表面文章，我还必须惭愧地承认，在圣拉扎尔，我扮演了一个伪君子的角色。我一个人的时候并不学习，只是哀叹我的命运；我诅咒那间牢房，诅咒把我囚在那里的残暴势力。羞愧的心理使我萎靡不振，我只要把这种烦恼暂时丢在脑后，就马上又堕入爱情的痛苦之中。不见玛侬的面，她的命运凶吉难卜，害怕此生再难见面，这是我暗自惆怅的唯一心病。我想象她正在 G.M. 的怀抱里，刚一出事我就立即产生了这种念头，却万万没有料到，她同我的遭遇竟如此相似。我还以为 G.M. 所以把我赶开，就是为了安安稳稳地占有她呢。我就是这样熬过了日日夜夜，觉得时间漫长无边。我一心期望着虚伪的手法能够奏效。我细心观察院长的脸色，琢磨他的言谈话语，以便确切了解他对我的看法。我像侍奉我的命运之神一样，千方百计地讨他喜欢。不难看出，我完全赢得了他的好感。我不必再心怀疑虑，他肯定会竭诚相助。

一天，我大着胆子问他，释放我的事情是不是由他决定。他回答说并不完全由他做主。不过，只要由他出面证明我已经悔改，G.M. 先生就可能同意释放我。正是应 G.M. 先生的请求，警察总监才把我关押起来的。

"我已经坐了两个月的牢，"我又低声地问，"能指望他觉得惩罚够了吗？"

院长说如果我愿意，他可以去找 G.M. 谈谈。我求他马上去为我说情。过了两天，他来告诉我说，

G.M. 听到对我表现的赞扬，非常感动，不仅打算让我重见天日，而且表示很想同我进一步结交，因此要到监狱来瞧瞧我。尽管我讨厌见他，但我把这件事看成是获得自由的前奏。

G.M. 真的到圣拉扎尔来了。我觉得他的样子比在玛侬房间里时正经得多，不那么呆头呆脑了。针对我的恶劣行径，他说了一些通情达理的话。他还大言不惭地为他自己的放荡生活开脱，说什么寻求某些欢乐是人的自然需求，这种弱点是可以被允许的，但欺诈和行骗则是可耻的，应当受到惩罚。我装作俯首帖耳，听他训诫，看样子他挺满意。针对我和列斯戈、玛侬的同胞关系，以及建小教堂玩的话，他还开了几句玩笑，我听了也安之若素。他对我说，我既然对这种虔诚的事业感兴趣，在圣拉扎尔一定造了不少。同时他脱口说出，玛侬在妇女教养院，也一定造了一些非常漂亮的小教堂。一听此言，我不禁浑身一颤，但我还是控制住了自己，温和地请他说明这是怎么一回事。

"嗯！是啊，"他说，"她在妇女教养院里反省有两个月了，但愿她像您在圣拉扎尔一样，也能吸取许多教益。"

听到这个可怕的消息，即便用判处终身监禁或者立刻杀头相威胁,我也压不住心中的怒火了。我向他猛扑过去,由于过度气愤,我损失了一半气力,不过我这一扑的劲头还是相当大,将他摔倒在地,一把掐住了他的喉咙。我正想掐死他,院长和几个修士闻声赶来。他们听到了 G.M. 摔倒的声音和他挣扎发出的几声尖叫。他们从我手中把 G.M. 拉开。我精疲力竭,几乎昏厥过去。

"啊,天啊!"我连连叹息,高声喊道,"天理啊!遭受这样的侮辱,我还能活下去吗?"

我还要扑向来残害我的野蛮家伙,被众人拦住了。我悲痛欲绝,发出的叫喊和流下的眼泪超出了想象。见我失去了常态,在场的人都莫名其妙,他们面面相觑,既震恐又惊讶。G.M. 先生趁这工夫整理好了假发和领带,摆出一副受到粗暴待遇的样子,怒形于色,命令院长对我严加看守,用圣拉扎尔教养院特有的各种刑法来惩处我。

"不,先生,"院长对他说,"对待像骑士先生这样出身的人,根本不能采取这种方式。再说,他为人这样和善,这样正派,我很难相信他会无缘无故发这么大的火。"

听到这种回答,G.M. 先生显得十分狼狈。他一边往外走一边说,院长也好,我也好,凡是敢于违抗他的人,他都有办法迫使他们就范。

院长吩咐修士们把他带出去,自己则留下来陪我。他恳切地要我立刻告诉他,为什么动这么大的肝火。

"噢,神甫,"我像孩子一样呜呜哭着说,"您想象一下吧,什么行径最残忍可怕,最野蛮卑鄙,无耻的 G.M. 干出来的就是什么。啊!他刺伤了我的心,这个创伤永远也无法治愈。"随后我又抽噎着说:"我愿意把事情全告诉您。您是个好人,听了一定会同情我的。"

我简单地向他叙述了长期以来,我对玛侬怀有的难以克制的爱情、我们被仆人打劫之前阔绰的排场,以及 G.M. 给我情人的馈赠、他们达成的交易,后来又如何中断了这一切。当然喽,向他介绍这些情况时,怎样对我们有利,我就怎样讲。

"请看,"我接着说,"G.M. 先生所以这样热心让我改邪归正,原因就在这里。他施展手段把我关在这里,纯粹是寻求报复。这点我可以原谅他。但是,神甫,事情还不止于此,他竟然凶残地抓走了我最亲爱的伴侣,侮辱她,把她关进妇女教养院。这是他今天不慎亲口对我讲的。妇女教养院,神甫啊!苍天哪!我的可爱的情人,我的亲爱的王后被关进了妇女教养院,被当成一个最下贱的女人!遭受这样的痛苦,蒙受这样的耻辱,我哪儿还有勇气活下去呀!"

善良的神甫见我悲痛到了极点,就竭力安慰我。他对我说,我向他讲的情况他根本不知道。实际上,他以前只当我过的是放荡生活,以为 G.M. 这样关心我,不过与我家关系亲密,而 G.M. 本人也是口口声声这样讲的。神甫还说,我刚才讲的那些情况,可能会使我的案情发生很大的变化,他打算如实报告给警察总监,保证我能很快恢复自由。接着他又问我,既然我家庭根本没有要求监禁我,为什么我没有想到把我的消息告诉家里,我给了他满意的回答,说是怕给我父亲造成痛苦,再说,我也难以启齿。最后,他答应我马上去见警察总监。他还说:"就是为了防备 G.M. 先生捣鬼,也应该去一趟。他从监狱出去的时候,可是怒气冲冲的。他是个有影响力的人物,谁也不能不惧他几分。"

我焦躁不安地等待着神甫回来,如同一个不幸的人到了被判决的时候那样。我一想起玛侬依然被关在妇女教养院里,就五内俱焚。我只知道那个地方声名狼藉,但是还不清楚她在那里受到什么样的待遇。我从前听人说过,那座令人恐怖的监狱有些特点,现在一想起来，我也总是愤愤不已。我下狠心要把她救出火坑，不管付出多大代价，不管采取什么手段，我也在所不辞。假使没有别的办法从圣拉扎尔出去，我甚至会放一把火把它烧毁。我暗自盘算着，万一警察总监不顾我的情况继续关押我，我应该怎么办。我费尽心机，探索越狱的各种可能性。我感到没有一点成功的把握，害怕一旦越狱失败，就会被囚禁得更严。我想到了几位朋友，想求他们来搭救我，可是通过什么办法，才能让他们了解我眼下的处境呢？末了，我终于想出了一个巧妙的计划，觉得很有成功的可能。等院长回来，他的活动若是毫无成效，我的计划就势在必行，考虑也就要更周密一些。他不久就回来了。我见他脸上毫无神采，不像是有什么喜讯的样子。

"我同警察总监谈过了，"他对我说，"但是我对他讲得太晚了。恶人先告状，G.M. 先生从这儿出去就去见他，把您说得一无是处。总监听了很生气，正想派人给我下达新的命令，要我把您看管得更加严厉些。等我把您的案情真相告诉他后，他的语气就缓和多了。他讥笑了一下那位 G.M. 老先生的好色，又对我说，为了满足 G.M. 先生，还得把您再关押半年，况且，这个场所对您也是不无益处的。他嘱咐我好好对待您。

我包您满意，挑不出任何差错来。"

　　善良的院长解释了好大一会儿，我趁机从容地作了周密的考虑。我想，在出狱的问题上，如果显得过于急切，反而会打乱我的计划。于是我向他表示，既然还得留在那里，那么能得到他的几分看重，对我总算是一种慰藉了。然后，我坦然地请求他给我一次方便，让他通知我的朋友，一位在圣·修尔比斯神学院的教士，就说我在圣拉扎尔，并允许我这位朋友时常来看我。我说这不妨碍任何人，对我却很有用，可以使我的心情平静下来。院长欣然应允。我所说的朋友正是梯伯日。我并不指望他能给我必要的救援，协助我恢复自由，而是想在他不知道的情况下，把他当作间接的工具使用。简而言之，我的计划是这样：我想给列斯戈写一封信，让他和我们的朋友设法搭救我。迎头碰到的困难是如何把信交到他手中，这事要由梯伯日来干。不过，他认识列斯戈，知道他是我情人的哥哥，恐怕他不愿意接受这种委托。我计划另外写一封信，里面附有给列斯戈的信，让梯伯日交给我认识的一位正派人，再请那人把附信照地址转去。我必须同列斯戈当面定计，只好让他冒充我哥哥，假装特地到巴黎来了解我的案子。等列斯戈来看我时，我们再商量切实可行的万全之策。神甫果然派人转告了梯伯日，说我渴望同他谈谈话。我的这位朋友一直在关注我，他知道我遭到了意外，已被关进了圣拉扎尔。也许他对我的这场牢狱之灾并不感到遗憾，以为这会使我改邪归正，重新做人。他立刻赶到牢房看我来了。

我们的谈话充满了友情。他想了解我的状况如何，除了越狱计划没讲外，我毫无保留地向他交了心。

"亲爱的朋友，"我对他说道，"在你面前我绝不想摆出另一副模样。你如果以为在这里看到的是一个安分克己的朋友，一个受了上天惩罚而回来的浪子，一句话，你如果以为在这里看到的是一颗割断了痴情、并从玛侬的魅力中解脱出来的心，那对我就过分嘉许了。离开四个月，你看我故态依然：总是脉脉温情，总是不倦地在前生注定的爱情中寻求幸福，又总是遭遇不幸。"

他回答说，我这种表白是不能得到宽恕的。人们看到不少罪人，他们固然沉迷于罪恶的虚假幸福，认为这种幸福远远胜过美德的幸福，但他们至少依恋着幸福幻影，只是被虚幻的表象所蒙蔽。我却不然，一方面承认追求的目标只能使我犯罪和不幸，一方面又心甘情愿地堕入不幸和罪恶之中。这种思想与行动之间的矛盾,说明我毫无理智。

"梯伯日!"我接上说,"你披坚执锐,我却手无寸铁,战胜我还不容易!现在该让我说说道理了。你所说的有德者的幸福中,就敢保证能排除痛苦、挫折和忧虑吗?暴君的监牢、十字架、严刑拷打,你又称作什么呢?你能像神秘主义者那样,把肉体受刑说成是精神上的幸福吗?你不敢这样讲,这是一种站不住脚的谬论。你大肆夸耀的那种幸福,其中包含着痛苦千般,说得更确切些,只有重重罹难,才能到达那种幸福的彼岸。幻想之所以能使人在苦难中找到乐趣,是因为苦难可以把人引到期望的幸福终点。你为什么把我的行为,一种类似的状况,说成是矛盾的和缺乏理智的呢?我爱玛侬,我历尽千辛万苦,无非是向往在她身边幸福恬静地生活。我走的道路是不幸的,但是我满怀必胜的希望,因而心里总是感到甜美。只要在她身边待上片刻,为此而遭受多少忧患,全能得到酬偿,而且绰绰有余。我看,我俩的观点在各方面都是对等的,若说有差异,也只能是有利于我,因为我期望的幸福近在眼前,你说的幸福却远在天边;我的幸福具有痛苦的特性,就是说肉体可以感受得到,另一种幸福的本质则是不可知的,只存在于信仰之中。"

听了我这番议论,梯伯日大惊失色。他倒退了两步,极其严肃地对我说,我刚才讲的话不但违背常理,而且是一种大逆不道的邪说,是亵渎神明和反对宗教的。他还说:"把你痛苦的终极同宗教提倡的终极相提并论,这种思想实在邪恶,实在可怕。"

"我承认这样对比不恰当,"我又说,"但是请你注意,我的推理并不基于这点。坚持一桩不幸的爱情,你认为是一种矛盾,我刚才不过是想解释一下。我觉得已经充分证明,即使这种爱情果真是矛盾的话,你我也都不能摆脱。我刚才说的对等,仅仅是指这一点,我现在还是这样看。你会说,修德的结果不是比爱情的结果高出千万倍吗?谁否认这一点呢?但是问题又在哪里呢?不就在于无论哪种结果都能给人以力量忍受痛苦吗?我们来衡量一下效果吧。在苦修德行的道路上,有多少人开了小差,而在爱情的道路上,背离的人不是寥寥无几吗?还有,你会这样讲,行善中如果有磨难,也不见得是必然的、不可避免的,你敢保证再也见不到暴君和十字架,只看见众多的道德高尚者过着甜美安静的生活吗?我也同样可以说,安详幸运的爱情世间也有。这种差异又是对我的观点有利。我还要补充一句,爱情虽然常常骗人,但起码能给人带来满足和快乐，宗教却不然，只叫人苦修苦炼。"

"不必着慌，"见他的热情就要化为忧伤，我又说道，"我要得出的唯一结论，不过是说你的办法太糟了。要想使一颗心厌恶爱情，诋毁爱情的甜蜜，许诺在道德修养中有更多的幸福，这根本行不通。我们出于天性，必须在行乐中寻求幸福。在这个问题上，我不相信会有其他想法。一个人用不着多加考虑，就会感到在各种乐趣中，爱情是最甜蜜的。如果有人向他许愿，说别处有更大的乐趣，他很快就会发现这是骗局。经受过这种欺骗，他以后连最可靠的诺言也不会相信了。你们苦口婆心，无非是想把我引回到德行的路上，那就应该向我指出，德行于人是绝对必要的，但不要向我隐瞒，它是严峻和痛苦的。你尽可以说明，爱情的乐趣既短暂又犯禁，过后就是无边的苦海；这种乐趣愈是甜美迷人，若是能够舍弃，上天的赐福也就愈大，这样讲，恐怕对我的触动更大些。但是要承认，就我们的心性而言，爱情的乐趣是我们在尘世中最美满的幸福。"

听罢我这番话，梯伯日才转悲为喜，承认在我的思想中有合理的东西。他只有一点异议，问我为什么如此称颂上天，却没遵循自己的这套道德标准，为了那种前景牺牲我的爱情。

我回答说:"唉,亲爱的朋友,我承认,这正是我的悲剧和弱点。唉!是啊,我怎么讲就应该怎么做嘛!但是,我的行动能够自主吗?若想忘却玛侬的娇容,什么样的帮助我不需要呢?"

梯伯日说道:"天主饶恕,听你的口气是个让森派①。"

"我不知道我究竟属于哪一派,"我答辩说,"也看不大清楚应该烧哪炷香,但我确实觉得让森派讲得很有道理。"

这次谈话多少又唤起了我这位友人的同情。他明白了我之所以放荡不羁,主要是因为性格软弱,而不是心术不正。此后他对我的友情变得更加真诚,给了我许多援助,否则我早已穷困潦倒,命归黄泉了。不过,从圣拉扎尔越狱的计划,我只字未露,只请他转交一封信,这封信在他来之前我就写好了。至于说写这封信有什么必要,我是不乏借口的。他办事很牢靠,准时把信送到了。天黑之前,列斯戈就收到了转给他的信。

---

①天主教的一个宗派,由十七世纪荷兰神学家、主教让森创立。让森派认为人的灵魂得救与否自有天定,非人力所及。

次日，列斯戈来看我，他冒用了我哥哥的名字，没有受到阻拦。见他走进我的囚室，我真是乐不可支，随手小心翼翼地把门关上。

"一刻也不要耽误，"我对他说，"先把玛侬的情况告诉我，再出个主意，好让我逃出牢笼。"

他说在我被捕的前一天，他就没有见到他妹妹的面，他是到处留心打听，最后才了解到她同我的下落。他到妇女教养院去探了两三次监，但是没有得到准许同玛侬讲话。

"该死的 G.M.！"我大声喊道，"我定要你加倍偿还！"

"关于越狱的事儿，"列斯戈接着说，"这可不像你想的那么容易。昨天晚上，我和两位朋友察看了监狱四周。我们判断你的窗户下面是一座院落，周围全是楼房，同你在信中说的一样。所以说，要救你出去真是太难了。再说你还住在四层楼上，绳索、梯子我们全带不进来。我看从外部打主意根本不成，还是在监狱里面想想法子吧。"

"不行啊，"我接上说，"各处我都察看过了。自从院长对我宽大为怀，放松了看管以后，我就更细心地观察过。我的囚室不再上锁，我可以在修士的长廊里随便散步,但是各个楼梯口都有门,白天晚上都小心地锁着,因此,单凭机智我是逃不出去的。等一等……"我考虑了一下,觉得有一个主意很好,便说道:"你能给我带一支手枪来吗?"

"那容易,"列斯戈说,"怎么,你想杀人吗?"

我让他放心,说我并不打算伤害人,手枪里甚至用不着装子弹。

"明天给我带来,"我接着说,"明天晚上十一点,你务必带两三个朋友到监狱的大门对面等我。我希望能在那儿同你们会合。"

他催我再说得详细点,我没有理会。我对他说,我制订的行动计划,只有事成之后才能看出是合理的。我叫他缩短探视时间,这样第二天再来看我就会容易些。和头一天一样,他第二天进门也没碰到什么麻烦。他的态度很庄重,大家都以为他是一个正人君子。

我一旦用争取自由的工具把自己武装起来,也就消除了疑虑,确信计划定能成功。我的计划虽然又奇怪又大胆,可在那种动机怂恿下,我什么事干不出来呢?自从我获准走出囚室,能在走廊里散步以来,我就注意到,每天晚上,门房都把所有的门钥匙交给院长,然后整个楼房便笼罩在一片寂静之中,说明大家都睡下了。从我的囚室出去,穿过一条通廊,便可径直走到院长的卧室。我拿定主意用手枪吓唬他,逼他交出钥匙。如果他刁难不给的话,我就用手枪来打通上街的道路。我焦急地等待着下手的时机。门房和往常一样,刚过晚九点就来了。又过了一个小时,等所有修士和仆人都睡熟了,我才放心。我终于带上手枪,拿着一根点燃的蜡烛走出了囚室。我先轻轻敲了敲院长的房门,想悄悄地把他叫醒。我刚敲第二下,他就听到了。他准是以为哪个修士身体不适要去看病,于是走过来开门。尽管如此,他还是加了几分小心,隔着门问我是谁,找他有什么事。我只好报了姓名,可我故意装出病恹恹的声调,好叫他以为我真的浑身难受。

"哦,原来是你呀,我亲爱的孩子,"他一边开门,一边对我说,"这么晚了,找我有什么事儿啊?"

我走进他的卧室,把他拉到里边,告诉他说,我再也不能在圣拉扎尔待下去了,夜间出狱方便,不会惹人注意,我期望他能讲讲情面,给我开门,或者把钥匙借给我,让我自己去开。

我这番话一定把他吓坏了。他没作声,定睛看了我好一阵子。

我得抓紧时间,于是又对他说,他对我处处关心照顾,这使我非常感动;但是自由是宝中之宝,对我来说尤其如此。别人不公正地剥夺了我的自由,今天晚上我非要重新夺回不可,为此付出任何代价也在所不惜。我怕他高声呼救,便让他瞧了瞧我紧身衣里面别着的家伙,叫他明白切勿轻举妄动。

"手枪!"他惊恐地说,"怎么!我的孩子,竟然要害我性命,你就这样来报答我对您的器重!"

"但愿不至于此,"我回答说,"您是个聪明人,深明事理,绝不会逼着我走这一步。但是我要自由,这个决心不可动摇,万一您想使我的计划落空,那您这条命也就难保了。"

"可是,我亲爱的孩子,"他吓得脸色煞白,"为什么要杀害我呢,我哪点对不起您?"

"唉!那倒没有,"我不耐烦地说,"您打算活,我也不想杀您。把门给我打开,您就算是我最好的朋友了。"

我瞧见钥匙就在桌子上,便一把抓在手中,请他悄悄地跟我走。他只好听从。我们两人向前走去,他开一道门,就叹着气对我说一遍:

"唉!我的孩子,唉!谁料得到啊!"

"别出声,神甫。"我也不断地说。

最后，我们来到一排栅栏跟前，栅栏外面就是临街的大门。我走在神甫的身后，一手拿着蜡烛，一手端着枪，心想越狱成功是不成问题了。可在神甫正忙着开门的当儿，一个睡在旁边小屋里的仆人听到了门闩声，从床上爬了起来，拉开门，探头看了看。善良的神甫显然以为仆人能够捉住我，就冒冒失失下了命令，让仆人救他。仆人是个壮实汉子，他毫不犹豫，立刻向我扑来。我也毫不客气，照他胸口就是一枪。

"神甫，这可全怪您呀，"我颇为得意地对带路的神甫说，"不过也没关系，并不妨碍您把事情做到底。"我一边说，一边推他朝最后一道门走去。

他不敢违抗，给我开了门。我顺利地出了监狱，没走几步就看见按约定计划等着我的列斯戈和另外两位朋友。我们立刻驱车离开。列斯戈问我他刚才听到的是不是枪声。

"这可得怨你了，"我对他说，"给我送来的枪为什么上了子弹呢？"

不过，我还是感谢他的谨慎，不然的话，我肯定还要被长期关在圣拉扎尔。我们来到一家小饭铺过夜，我在那里饱餐了一顿，稍稍补了补亏空。关了将近三个月，监狱的伙食不堪下咽。但是我还不能尽兴吃喝，因为玛侬的命运使我痛不欲生。

"一定要把她救出来,"我对三位朋友说,"我盼望自由就是为了这个目的。请你们想办法帮助我。至于我本人,就是牺牲性命也在所不辞。"

列斯戈是个精细人,他提醒我必须谨慎从事。他说,我从圣拉扎尔越狱潜逃,又不慎伤了人命,必然会闹得满城风雨,警察总监肯定要通缉抓人,他的势力大得很。总之,还有比蹲圣拉扎尔监狱更倒霉的地方,如果不想冒险,最好还是先躲上几天,等敌人松了劲儿再作计议。忠告是明智的,可听的人也得头脑清醒才行。他顾虑重重,不紧不慢,同我的急切心情根本合不上拍。我勉强答应次日睡上一整天。我被反锁在他的房间里,一直待到了晚上。

我在屋里思考了半晌,酝酿着搭救玛侬的计划。我敢断言,关她的那所监狱肯定比关我的监狱更难打进去。用武力是行不通的,必须靠计谋。但是从何下手呢?即使智多星在世,我看也无济于事。想来想去,也没弄出个眉目来,只好等我摸清妇女教养院的一些情况之后,再仔细斟酌。

天一擦黑,我行动就方便了。于是我让列斯戈作陪同,到妇女教养院走一趟。我们同一个把门的搭上了话，他倒像个明白事理的人。我装作是外地来的，说听人赞扬过妇女教养院治理得井井有条。我向他打听得很详细，问着问着我们就谈到了那里的狱吏。我请他把狱吏的姓名和特点讲给我听听。他一一作了回答。听了他对狱吏的介绍，我灵机一动，计上心来，立刻暗自庆幸，而且不久便付诸行动了。我问那个看门人，那些狱吏先生有没有子女。这件事对我的计划至关重要。他说他不大清楚，不过他知道一个主要狱吏T先生有个已到结婚年龄的儿子，那个年轻人曾多次随他父亲来过妇女教养院。得知这一点也就足够了，我当即告辞了。回到列斯戈的住所后，我就把想好的计划告诉了他。

"依我看，"我对他说，"小T先生是世家子弟，生活优裕，也会同大部分这种年龄的青年一样，准喜欢玩乐。他不会敌视女人，也不会可笑到拒绝成人之美的地步。我打算请他关心关心玛侬的自由。他如果为人诚恳、富于感情，那就会慷慨地帮助我们。即使没有这种慷慨之心，那么帮帮一位可爱的姑娘总还可以吧，这样至少也能博得青睐嘛。"我还说："我得马上见他，最迟明天。有了这个计划，我心里的石头就落了地，我看这是个吉兆。"

列斯戈也认为我的想法可行，不妨试一试。这一夜我已不那么伤心了。

次日上午，我虽然手头拮据，但还是尽可能穿戴得体面一点儿，并乘坐出租马车，去拜访小T先生。见一个陌生人前来拜访，小T先生惊讶不已。他相貌不俗，彬彬有礼，我觉得事情很有希望。我坦率地向他说明来意，讲我如何痴情、我情人的才貌如何出众，言下之意就是只有我的痴情才配得上她的才貌。他说他从来没见过玛侬，可是听人谈论过，问我是不是给老G.M.当过情妇的那位。我全明白了，他肯定知道那个事件中也有我一份儿，为了对他表示信任，逐步争取他的同情，我向他详细地叙述了玛侬和我的遭遇。

"先生，您看，"我接着说，"我的生命和心灵全掌握在您的手心里了。对我来说，这两样东西是同样宝贵的。我对您毫无保留，因为听说您为人慷慨仗义，再说我们年龄相仿，我不免期望您和我能有共同的爱好。"

看样子，我的诚恳态度使他深为感动。他的回答也表明他既重友谊，又重感情。世间这种人为数不多，即使有，也常常被毁掉。他对我说，他把我的来访看成是一次幸会，把我的友谊视为他最珍贵的收获。他说，为了报答我的友谊，他将尽力帮助我。他没有答应把玛侬送到我的身边，因为据他说，他的影响还有限，把握不大。但是，他答应给我寻找同玛侬见面的机会，并且竭尽全力使玛侬回到我的怀抱。他没有满口应承我的全部愿望，这反倒使我更为满意;我觉得,他的许诺越有分寸，就越证明他心地坦荡，这种态度我很喜欢。总之,我全仰仗他的帮助了。他答应能让我见见玛侬，仅此一点，就足以使我甘愿为他肝脑涂地。这种心情我稍加表露，他便确信我不是一个天性不好的人。我们一下子亲热地拥抱在一起,成了好朋友。这没有什么别的原因，只是因为我们两人都心地善良，具有一种纯朴的禀性:一个热情豪爽的青年自然喜欢与他情投意合的人。他向我表示的敬重还远远不止于此。他考虑到我的境遇，认为我刚刚从圣拉扎尔越狱，手头一定不宽裕，便慷慨解囊，要我务必收下。我谢绝之后对他说:

"太过意不去了，亲爱的先生，您对我这样热情友好，倘能使我重新见到心爱的玛侬，那我一辈子都忘不了您。倘能让那位可爱的女子真的回到我身边，那我就是洒尽热血，也报答不完您的大恩大德。"

我们约定了下次会面的时间和地点，然后就分手了。为了照顾我,他把会面时间尽量靠前安排,就定在当天下午。我在一家咖啡馆里等他,快到四点钟的时候,他来了。我们又一同去妇女教养院。穿过监狱院子时,我的双腿都发抖了。

"至上的爱神哪!"我说道,"我又要见到心中的偶像啦。为了她,我曾流过多少眼泪,受过多大磨难啊!苍天哪!让我活着走到她的面前吧。只要让我见她一面,我的命运和生命随您怎么摆布都行,我再没有别的祈求了。"

小 T 先生同监狱的几个看守说了几句话,他们都很殷勤,尽量满足了他的要求。他让门房指给他看玛侬所在的狱区。接着有个人把我们带到了那里,他就是负责照料玛侬的人,手里拿着一把开她牢门用的大得吓人的钥匙。我问他玛侬在囚室里是如何度日的,他对我们说,她像天使一样温柔,从来没有讲过一句刻薄话。他又说,入狱的头六个星期,她整天哭泣不止,不过近来好些,对自己的不幸好像安之若素。除了用几个小时看书以外,她从早到晚就是做针线活。我还问他,她的生活照应得好不好。他对我肯定地说,至少一般的生活必需品她没有短缺过。

我们快走到她的牢门口了。我的心怦怦乱跳。我对小T先生说：

"请您先进去吧，告诉她说我来了，我怕她突然看到我，感情过于冲动。"

牢门开了。我留在门外，但能听到他们的谈话。小T先生告诉玛侬，说给她带来了一点安慰，说他是我的朋友，对我们的幸福非常关心。玛侬迫不及待地问他，能不能把我的近况告诉她。他答应说可以把我带到她的面前，而且告诉她，我始终忠诚而多情，丝毫不负她的心愿。

"他什么时候来？"她又问道。

"就在今天，"小T先生说，"这个幸福时刻就要到来了。如果您愿意的话，他立即就会来到您面前。"

玛侬明白了，我就在门口。这时我一步跨进门，她迎着我冲过来。我们一下子拥抱在一起。一对钟情的恋人活生生被拆开了三个月，此时见面情意格外浓烈。我们频频叹息，不住地欢叫，完全沉浸在柔情蜜意之中，彼此反复用爱称相呼，就这样待了好半天，小T先生见此深为感动。

"我真羡慕您，"小T先生让我们坐下来，对我说道，"依我看，什么样的显赫地位，也不如有这样一位美丽多情的伴侣。"

"得到她的爱是一种福气,"我回答说,"就是拿全世界的王国来换取,我也嗤之以鼻!"

这次渴望已久的谈话,始终充满了无限的柔情。可怜的玛侬向我讲了她的遭遇,我也把自己的遭遇告诉了她。说到她眼下的处境和我刚刚摆脱的处境时,我们都伤心地哭了起来。为了安慰我们,小T先生又许下愿说,他将积极设法结束我们的苦难。他劝我们,说头一次会面时间不宜过长,省得再安排会面时碰上麻烦。他费了许多口舌才说服了我们俩。尤其是玛侬,她说什么也不肯放开我,三番五次地把我按回椅子上,扯着我的衣襟,拉住我的手不放。

"天哪!你把我丢在什么地方啦!"她说道,"谁能担保我还能见到你呢?"

小T先生向她保证,说他会经常同我去看望她。

"至于这个地方嘛,"他很风趣地说,"自从一位倾国佳人被关进来以后,这儿就不该再叫作教养院,而成为凡尔赛宫了。"

我出来的时候,给了那个仆人一点赏钱,好叫他尽心照看玛侬。那个小伙子心眼不错,并不像他的同行那么卑鄙狠毒。他亲眼看到了我们重逢的动人情景,颇受感动。我给了他一枚金路易,终于把他争取了过来。

我们刚走到院子里，他就把我拉到一旁。

"先生，"他对我说，"如果您愿意雇我当差，或者给我一笔可观的报酬，补偿我在这里丢掉的饭碗，我看，要救出玛侬小姐不在话下。"

我接受了他的建议。虽然我当时一无所有，可许诺的报酬却大大超出了他的愿望。我心想，酬劳他这种人终归是容易办到的。

"放心好了，我的朋友，"我对他说，"你要求什么我都答应。不愁交不上财运，我保证有你一份好处就是了。"

"没别的，"他说，"就是晚上给她打开牢门，送她到临街的大门口。到时候您就做好准备在那儿接她就行了。"

我问他，玛侬穿过走廊和院子时，就一点不用担心被人识破吗？他承认说有一定的危险，但是总是要冒点风险嘛。看他态度挺坚决，我虽然不胜欢喜，但还是把小 T 先生招呼过来，把这项计划告诉他，并说只有一点似乎把握不大。小 T 先生比我估计得困难多些，但他认为玛侬倒完全可能通过这种办法逃走。"不过，她一旦被认出来，"他接着说，"一旦中途被抓住，这一生也许就会毁掉。再说您也得马上离开巴黎，因为您无论怎样藏匿，也逃不脱追捕。不管对您还是对她，人家一定会大加搜捕。一个单身汉要逃脱容易办到，可他要陪伴一位美丽的女郎，就很难藏身匿迹喽。"

他这番话尽管很有道理，我听了之后还是不以为然。玛侬获得自由的希望就近在眼前，我怎么能忍心放弃呢！我把我的想法告诉了小T先生，并请他原谅，说我是为了爱情才这样冒失和轻率。我还说，我确实打算离开巴黎市区，像我从前那样，在郊区找个村子落脚。于是我们和那个仆人商量好，事不宜迟，第二天就动手。为了尽量把事情办得周全，我们商定给玛侬送去几件男人衣服，好让她出来时能够顺利一些。带衣服进去也不容易，不过我想出了一个办法。只求小T先生第二天去时，套穿两件轻便上衣，其余的衣裳都由我负责。

次日上午，我们又去妇女教养院。我给玛侬带去了内衣、袜子等物，我的衣兜虽然塞得鼓鼓囊囊，但我的紧身衣服上面罩了一件大氅，也就瞒了过去。我们在她的囚室里只待了一会儿工夫。小T先生脱给她一件外衣，我又把我的紧身上衣给了她，出去时我有大氅就够了。她女扮男装的东西差不多全齐了，只差一条短裤，真该死，我忘记带了。这个疏忽可真难住了我们，要不是情况严重，忘记这样一件必不可少的东西，我们非大笑一场不可。我急得要命，生怕这件小事误了大事。然而我当机立断，决定自己不穿短裤，把它脱给玛侬。我的大氅很长，用几个别针一别，就可以大摇大摆地从大门出去。

行动之前这段时间，我真觉得长得难以忍受。夜幕终于降临，我们坐上一辆马车，来到距离妇女教养院大门不远的地方。等了不大一会儿，就见玛侬被人带了出来。我们的车门敞着，他俩立即跳上车。我一下子搂住了我的心爱的情人，她像秋叶一样瑟瑟发抖。车夫问我去什么地方。

"到天边去，"我对他说，"把我拉到永远不会同玛侬分离的地方去。"

我情不自禁，激动万分，险些坏了事。我的话引起了车夫的怀疑，等我告诉他我们要去的街名时，他回答我说，他害怕牵扯到一件不光彩的勾当里去，说他看得出来，那个叫玛侬的漂亮小伙子，其实是我从教养院劫出来的一个姑娘，他可没有那种兴致，为我的爱情自找倒霉。那个无赖装腔作势，无非是想多要我几个车钱。我们就在教养院旁边，我不得不迁就他。

"别啰唆！"我对他说，"你可以挣到一个金路易。"

听到一个金路易，就是叫他帮我放火烧掉妇女教养院他也肯干。我们朝列斯戈的住所赶去。时间已晚，小T先生在半路上就同我们分了手。他答应第二天来看我们。车上只剩下那个仆人同我们在一起。

我紧紧地搂着玛侬，两个人在车里只占一个人的位置。她高兴得泪如泉涌，润湿了我的面颊。但是，到了列斯戈门前该下车的时候，我又跟车夫争执起来，这次争执给我带来的后果很惨。我悔不该答应给他一枚金路易，这不仅是因为报酬太高，更重要的是我付不起。我让人去找列斯戈，他走出房间来到大门口。我对他耳语了几句，把我的难处告诉了他。他脾气粗暴，对待车夫从来就没有客气过，他说我简直是开玩笑。

"一个金路易！"他说，"给那个浑蛋二十手杖吧！"

我悄悄提醒他，说那样干要毁掉我们的。他根本不听，一把夺过我的手杖，拉开架势就要揍车夫。卫士或火枪手的厉害，车夫已经领教过几次了，他吓得驱车就逃，一边还大喊大叫，说我骗了他，让我等着瞧。我连声叫他站住，可他理也不理。车夫跑掉了，这使我深感不安。我断定他要去报告警官。

"你把我害啦，"我对列斯戈说，"在你这里不会安全，我们必须马上离开。"

我挽着玛侬向前走去，很快就走出了那条危险的胡同。列斯戈陪着我们。天主安排的事真有妙不可言之处。我们刚走了五六分钟，就有人认出了列斯戈，可那人的面孔我却一点没看清。他一定是埋伏在列斯戈住所附近，预谋对列斯戈下毒手的。

"好个列斯戈，你在这儿！"那人边说边对他开了一枪，"今天晚上你就同天使共餐去吧！"

那人立刻就逃掉了。列斯戈倒在地上一动不动。我催玛侬快逃，因为抢救一具死尸毫无意义。巡逻队很快就会到来，我害怕被扣住。我带着玛侬和仆人，见到一条小巷便钻了进去。玛侬吓得魂不附体，我几乎都扶不住她了。总算望见巷口停着一辆出租马车，我们登上车，车夫问我们要去哪儿，我一时却答不上来，没有一个安全的去处，也没有一个可以放心投奔的挚友。我没有钱，兜里只剩下半个皮斯托尔。玛侬又惊慌又疲乏，支持不住，昏昏沉沉地靠在我身上。我满脑子是列斯戈遇害的情景，还担心碰上巡逻队。怎么办好呢？幸而我想起了夏月村旅馆。我和玛侬初到夏月村时，曾经在那家旅馆住过几天。在那儿不仅可望避过风险，而且就是住些日子，老板也不会催我付账。

"拉到夏月村。"我对车夫说。

时间太晚了，他不肯拉到夏月村，除非给他一个皮斯托尔，这又把我给难住了。最后讲好六个法郎，因为我钱包里只有那点钱了。

我一路上安慰玛侬，可实际上自己也一筹莫展。使我留恋尘世的唯一宝贝就抱在我的怀里，否则，我早就寻短见了。一想到这儿，我又振作了起来。"至少我得到她了，"我想，"她爱我，她是属于我的。梯伯日说的都是空话，这并不是虚幻的幸福。就是看见世界毁灭，我也会无动于衷。为什么？因为除了玛侬，别的我都毫不依恋。"

我这种感情是真实的，然而当我藐视世间财富的时候，我感到至少要掌握一小部分，才能傲岸其余。爱情比万贯家财更有力量，比金银财宝更有力量，但是爱情也需要金钱的援助。一个文雅的情人如果迫于金钱的势力，跟最卑鄙的灵魂同流合污，那还真不如一死了之！

我们到夏月村时已是深夜十一点了，我们作为老板的熟人住进了旅馆。玛侬虽然身穿男装，但他们并没有奇怪，因为在巴黎城内和市郊，女人的服装千奇百怪，大家都习以为常了。我好像还非常阔气似的，给她要了丰盛的饭菜。她不知我手头吃紧，我也留意没向她透露半句。我打定主意次日一个人进城,给这种令人头疼的病症找个方子。

在饭桌上,我发现她脸色苍白,面庞清癯。这一点我在妇女教养院里丝毫也没看出来,因为囚室光线太暗。我问她,她那副模样是不是因为眼见她哥哥遇害,心里恐慌。她向我保证,说那件事尽管触目惊心,但她脸上没有血色,完全是三个月来见不到我的缘故。

"这么说,你非常爱我啦?"我说道。

"超过我能表达的千百倍。"她接过去说。

"那么,你永远也不会再离开我啦?"我又问了一句。

"不离开,永远也不离开了。"她答道。她的这种保证,加上她对我百般亲昵,海誓山盟,我确实相信她永远也不会忘记了。

我一向认为她是个诚实女人,谁知她竟然口是心非。她后来变得更加轻薄,简直可以说一钱不值了。她看见别的女人生活豪华,而自己却穷困潦倒,就把感情丢掉了。我不久便得到了最终的明证,这次要比以往的任何证据都更说明问题,而且还给我造成了这般离奇的遭遇;这是我这样出身和地位的人从未经历过的。

我深知她的脾气，所以第二天就赶紧去巴黎。我出门无须找借口，她哥哥遇害，我俩都需要购置衣物，这些全是很好的理由。我离开旅馆时，对玛侬和老板说我打算乘租车去，但这只是说大话而已。我的口袋空空如也，无奈只好步行。我快步如飞，一直走到王后大街才想起停歇片刻。我需要一个人安静地考虑考虑，理出一个头绪来，算计一下到巴黎市内都该做些什么。

我在草坪上坐下，心乱如麻，最后思想渐渐集中到三个主要问题上。

首先是解救燃眉之急，许多生活用品需要置办。其次是找找门路，起码要为将来打开局面。第三点也很重要，就是探听消息，采取措施，确保玛侬和我的安全。我绞尽脑汁，想方设法解决这三个问题，最后认为先把后两点放一放为好。我们住在夏月村的旅馆里，安全不成什么问题。至于将来的用度，我认为等我们满足了眼前的急需，以后再考虑也不迟。

眼前的急务是如何把我的钱包塞满。小T先生曾经慷慨解囊，可要是再向他提这件事，我觉得实在难以启齿。向一个外人诉说自己的贫困，请求分享他的财产，那算什么人呢！只有心灵丑恶、不知羞耻的卑贱小人，才干得出这种事来，再就是豁达大度、超然荣辱的谦恭的基督徒能办得到。我既不是卑贱的小人，也不是虔诚的基督徒，我宁可丧失半条生命，也不愿意丢这份儿脸。

"梯伯日，"我思忖道，"善良的梯伯日，他会拒绝给我力所能及的帮助吗？不会的，他一定会可怜我。然而他要用道德的软刀子来杀我。我必须忍受他的责备、规劝和威胁，他将让我为他的帮助付出高昂的代价。因此，我宁可丧失半条生命，也不愿意经受这种难堪的场面，心中愧疚不安。"

"好家伙！"我又暗自说道，"看来我得放弃一切希望啦？我既找不到别的出路，又不愿意屈就这两条路。我情愿丧失半条生命，也不甘接受其中的任何一条。要是走这两条门路的话，我就得丢掉整个生命。"我沉吟了片刻，又自言自语地说："是的，我宁肯丢掉整个生命，也不愿意低声下气地乞求别人。但是，这关系到我的生命，也关系到玛侬的生活和需求，还有她的爱情和忠实啊。为了她，我还有什么可犹豫的呢？直到现在我也没吝惜过什么。她就是我的荣耀、幸福和财富。世上当然有些东西，为了得到或者避免它们，我可以不惜生命。但是，即使有一件东西对我来说胜过生命,那也并不意味能与玛侬等量齐观。"

思来想去,我很快就打定了主意。我继续赶路,决定先去找梯伯日,再去拜访小 T 先生。进入巴黎市区,尽管我囊空如洗,可还是叫了一辆马车。我心中有一个指望,就是登门求借肯定不会落空。我叫车夫拉到卢森堡公园,再派他转告梯伯日说我在那里等候。没用我久等,梯伯日很快就来了。我开门见山地对他说我有急需。他问我上次还给他的那一百个皮斯托尔是否够用,然后二话未说,当即转身去取。他依然十分诚恳而又乐于助人,这种精神只能是出于爱情或真正的友谊。

我固然毫不怀疑他对我有求必应,但也十分惊奇,这回怎么得之如此便宜,也就是说,他丝毫没有谴责我执迷不悟。我以为逃避了他的责备,其实是想错了。他把钱数给我以后,我便要告辞,他却要求同我散散步。我没有向他提起玛侬,他还不知道她已经获得自由。因此,他的道德说教只是针对我从圣拉扎尔越狱的轻率行为。此外,他还担心我非但不记取狱中的道德训导,反而会接着堕落下去。他说在我越狱的次日,他曾到圣拉扎尔去看过我,听说我越狱的情况,简直惊讶得难以形容。就此事他同院长谈了一次话,当时那位善良的神甫还惊魂未定。然后，院长非常宽容，向警察总监隐瞒了我逃跑的具体情节，还不准把打死守门人的事声张出去。因此，教养院方面我用不着担心。但是他又说，我若是还有一点点理智的话，就不要错过上天赐给我的化险为夷的时机：我应该先给我父亲写封信，同他言归于好。他让我听从他的劝告：离开巴黎，回到家庭的怀抱里去。

我一直听他把话讲完。他讲了些使我高兴的事。首先让我欣喜的是，我丝毫不必担心圣拉扎尔那边的事了，对我来说，巴黎的街头又变成了自由的天地。其次，我庆幸梯伯日根本没想到玛侬已经出狱并同我团聚了。我甚至注意到他避而不提玛侬的名字，大概是见我对此淡漠，以为我不怎么牵挂她了。我心里暗想，即使不回家，至少也得像梯伯日劝告的那样给我父亲写封信，表示我准备重尽孝道，唯父命是听。我想以进习武院练功为借口，希望他能寄些钱来。我只能这样讲，若说我想再进宗教界，很难令他信服。实际上，我对进习武院练功一类事情毫不反感。恰恰相反，只要能同我的爱情相得益彰，从事一些适当的正经营生，我又何乐而不为呢！我的如意算盘是，和我的情人一起生活，同时习练武功，两者可以并行不悖。想到这里我非常得意,便答应梯伯日即日就给父亲写信。同他分手之后,我果真走进一家信馆,在那里给我父亲写了一封信。信的语气十分温和恭顺,重读一遍,我深信准能打动父亲的心。

告别梯伯日之后,我虽然有钱乘车了,但却来了兴致,昂头挺胸步行去小T先生家。我自由自在,心中十分快活,因为我的朋友明确告诉我,不必再为任何事情担忧了。然而我突然想起,这话仅仅是指圣拉扎尔监狱说的,除此之外,妇女教养院的案件我还牵连在内;再说,列斯戈之死我也逃不了干系,至少是个见证人吧。想到这里,我不禁心惊肉跳,赶紧就近钻进一条小巷,雇了一辆马车,径直来到小T先生家。他见我吓了个半死,不由得哈哈大笑,告诉我说,不管是妇女教养院的事还是列斯戈之死,我都可以放心。听他这么一讲,我才觉得刚才被吓成那副样子也确实可笑。他对我说,劫走玛侬的案件,他料想别人准会猜疑有他参与,于是当天上午就到妇女教养院去了一趟,佯装不知出事,要求探望玛侬。他们非但没有指控他或者我,反而殷勤地告诉他,说是玛侬那样漂亮的姑娘,竟然同一个仆人私奔,真是天下奇闻,令人惊讶。对此小T先生只是淡淡地回答了一句,说人为了自由什么事都做得出来。接着他又对我说,他从教养院出来后,又去了列斯戈的住所,以为在那里一定可以见到我和我那可爱的情人。结果列斯戈的房东,那个马车匠说,他既没有见到玛侬,也没见到我,并且说我们没到那里去找列斯戈也不足为怪,因为那会儿我们准已得知列斯戈遇害的消息了。随后房东还就他所知,讲述了列斯戈的死因与经过。

大约在出事前两个小时,列斯戈的朋友,一个王宫卫士去看他,约他赌钱。列斯戈很快就把对方赢光了,只一个小时,那个人就输掉一百埃居,也就是说,身上带的钱全输光了。倒霉的输家一个铜子也没剩,便哀求列斯戈把赢的钱借回一半给他。列斯戈不干,双方争执起来,大吵了一通。列斯戈拒绝出去同他比剑,那个人悻悻离去,临走时还诅咒要敲碎列斯戈的脑壳儿。果然,当天晚上他就下手了。小T先生还热心地说,他当时很为我们担心,并向我表示愿意继续帮忙。我毫不犹豫地把我们隐居的地点告诉了他,他说我如果觉得方便,可以约他同我们共进晚餐。

除了要给玛侬购置些衣物以外,我没有别的事了,便对他说,如果他愿意陪我到几家商店走走,我们马上就可以动身。我不知他是以为我想让他送人情呢,还是他天生豪爽，反正他同意立即就去。他把我带到为他家供货的几家商号，让我选了几块料子，比我原来打算买的贵得多。等我要付款的时候，他坚决不准老板收我一文钱。他那种殷切态度极为真诚，竟使我毫无愧色地接受下来。然后我们一同去夏月村，我觉得返回时的心情比离开的时候踏实多了。

格里欧骑士讲了一个多钟头，我请他休息片刻，和我们一起进餐。他叙述的时候，我们一直全神贯注地听着，他也看得出来我们很感兴趣。他肯定地对我们说，从他后来的经历中，我们可以听到更有趣的故事。吃罢晚饭，他接着讲下去。

第二章

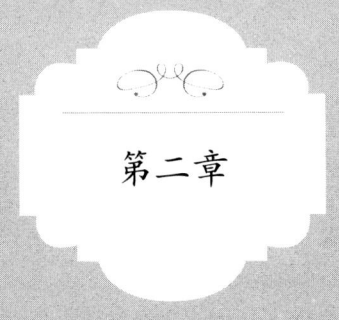

有我在跟前陪伴，再加上小T先生彬彬有礼，玛侬的愁容为之一扫。

"亲爱的，用不着担惊受怕了，"我一进门便对她说，"我们要重新起步，让生活比从前更加幸福。不管怎么说，爱情毕竟是良师益友，命运所能给我们造成的痛苦，总比不上爱情给我们带来的快乐多。"

晚餐的气氛既热烈又欢快。有了玛侬和一百个皮斯托尔，我真比家财万贯的巴黎富豪还要神气和得意。看一个人的财产多少，应该以他欲望满足的程度为标准。我的愿望全部满足了，甚至无须为将来担忧。我相信父亲不会刁难，会接济我，让我在巴黎过上体面日子，因为我已经年满二十，有权得到母亲留给我的那笔遗产了。现在我的全部财产只有一百个皮斯托尔，这点我对玛侬毫无隐瞒。有了这笔钱，我就可以无忧无虑地坐待福星高照；我觉得无论依靠继承权还是通过赌博，发迹都是不成问题的。

这样，一连好几个星期，我只图眼前的快活。与特朗西瓦尼旅馆的会友重新挂钩的事一天天拖下来了，一是因为我碍于面子，二是因为我还得防着警察局。我只去几家名声稍好些的赌场打牌，手气居然不错，倒也省得我厚着脸皮作弊骗钱了。每天下午大部分时间，我都是在城里度过的，然后返回夏月村去吃晚饭。小T先生经常陪我回家，我们之间的关系一天比一天亲密。玛侬也找到了消愁解闷的办法。附近住着几个游春的年轻姑娘，她动不动就跟她们结伴消遣。她们时而散步，时而搞些女人喜欢的小游戏。她们也玩牌，但输赢有限，谁赢了钱谁就雇车，大家一起到布洛涅树林里去。每天傍晚我回来的时候，都发现她更加漂亮，更加高兴，更加多情了。当然了，有时不免升起几块乌云，似乎危及我的幸福，但它们很快就消散了。玛侬天生幽默，总使结局变得十分滑稽。就是现在回想起她那种温柔和风趣来，我心里也还觉得甜丝丝的。

我们身边只有一个仆人。一天，他把我拉到一旁，吞吞吐吐地说有重要的秘密要告诉我。我让他尽管大胆说。他兜了几个圈子才讲明白，原来有个外国来的贵族老爷好像看上了玛侬。一听这话，我周身的血液都沸腾起来了。

"她对那个外国人也有意吗?"我急忙打断他的话，尽管这样急躁无助于弄清事实。

见我急躁起来，他害怕了，惶惶不安地回答说，他还没有探听到底细，但是近几天来，他发现那个外国人总到布洛涅树林去，下车后便一个人沿着林间小路走来走去，好像在寻找机会看一看小姐，或者同她会面。于是，他就设法去同那个外国人的随从搭讪，想借此打听一下他们主人的姓名。那些随从说他们主人是一位意大利亲王，还说他们也疑心主人是在寻花问柳。他又哆哆嗦嗦地说，还没等他打听到别的情况，就见亲王从树林里出来了。亲王走到他的面前，亲切地问他叫什么名字，看样子好像已猜出他就是我们的仆人，因为亲王接着就向他祝贺，说他有福气，侍候的是人间最漂亮的女人。

我急不可待地等着下文，可仆人却怯生生地道了声歉，收住了话头。也怪我一时不慎，感情冲动，竟吓得他没敢把话说完。我又一再催他照实说，然而一点用也没有。他说确实不了解别的情况了，还说他刚才讲的这些都是头一天的事情，以后他就再也没见到过亲王的影子。为了让他放心,我不仅夸了他几句,还答应给他一笔可观的报酬。在他面前,我一点也没流露出对玛侬有什么猜疑,只是心平气和地嘱咐他监视那个外国人的一举一动。

的确,仆人惊慌的模样使我疑窦顿生。也许他心里害怕,还瞒着我一些事情吧!可是我想了一想又定下心来,甚而后悔自己不该这样庸人自扰。别人爱上玛侬,这也不能怪她呀,她很可能根本就不知有人在爱她。若是这样轻易地就让嫉妒钻进我的心里,那以后的日子可怎么过呢?

第二天我又进城了,心里没有别的打算,只想大赌一场,好尽快捞些钱,以备不时之需;万一有个风吹草动,我就从夏月村搬到别处去。晚上回来,没有听到什么叫我安歇不下的情况。外国人又跑到布洛涅树林去了,头一天他已经认识了我的仆人,这回他径直走到我仆人面前,说他如何爱玛侬。但从他的话里还看不出他同玛侬有什么勾搭。他向我的仆人十分详细地打听了一番,最后想以重金收买我的仆人。他拿了几个金路易给我的仆人,又取出一封早已写好的信,让他转交给女主人,但我的仆人没答应。

两天过去了,没有发生什么意外。到了第三天,事情终于变得严重了。这天我从城里回来得很晚，到家后就听说玛侬在散步的时候，有一阵子离开了同伴，而那个外国人就在她身后不远的地方跟着。玛侬刚一向他招手，他就走上前去。玛侬交给他一封信，他接在手中，简直是欣喜若狂。为了表达他的欢喜，他只来得及多情地吻了吻信，因为玛侬立刻就走开了。这之后，玛侬显得特别高兴，回到旅馆以后还保持欢快的情绪。毫无疑问，我每听一个字，心头都为之一颤。

"你肯定没有看错吗?"我怅然若失地问。

他指天发誓，说他讲的全是实情。玛侬已听到我回来了，若不是她急忙迎上前来抱怨我迟迟不归的话，我真不知会被内心的痛苦折磨成什么样子。她不等我开口就搂住我又亲又吻，等屋里只剩下她和我的时候，又狠狠地责备起我来，说我不该天天回来得这么晚。她见我一言不发，就索性一个人讲下去。她说三个星期以来，我就没有陪她一起待过一个整天，一出去就是好长时间，这样她受不了。她要我起码隔几天就拿出一天工夫陪她，而且要我从次日做起，从早到晚守她一整天。

"放心好啦，我会照办的。"我粗声粗气地回答。

我的烦恼她没大介意，还是兴高采烈地给我讲她这一天过得多么有趣，但是在我看来，她那种兴奋劲头有点过分。"奇怪的女人！"我心想，"序幕拉开了，正戏是什么呢？"我们第一次分离的情景，又浮现在我的眼前，然而她的欢乐情绪和对我的亲昵，我觉得是从她内心发出来的，给人以表里一致的印象。

吃晚饭的时候，我不免显得有些闷闷不乐，就推说赌博输了钱，轻轻掩饰了过去。她主动要我第二天不离开夏月村，真是太妙了，正好给我时间从容地考虑；再说我明天不出门，也就用不着担心出事了。我已暗自拿定主意：假如第二天还看不到什么可疑之处，无须把我的发现和盘托出的话，那么第三天就搬到市内，找一个没有亲王们纠缠的地方去安家。心里有了底，我这一夜睡得倒很安稳。但是，担心玛侬再次对我不忠，我心里的痛苦是无法排除的。

早晨我醒来以后，玛侬对我说，即使一整天待在家里不出门，她也不愿意看我打扮得随随便便，于是要亲手给我梳头。我的头发很漂亮，以前她总爱给我梳着玩，不过这次比往常更加细心了。为了让她满意，我只好坐在她的梳妆台前，听凭她变着花样给我梳各种发式。在梳头的过程中，她常常把我的头扳过去，让我面对着她，她双手则搭在我的肩上，贪婪而又好奇地凝眸注视着我，然后吻我几下，表示她心满意足，再让我转过来坐好,继续给我梳头。她就这样连玩带梳，一直搞到吃午饭的时候才算罢休。我觉得，她的兴致表现得很自然，快乐的情绪也毫不做作，这种表面的忠贞跟私下里的背叛怎么也联系不起来。我几次想跟她开诚布公地谈谈，好把压在心头的石头搬开，可我总是盼着她能主动交心。她要是能够这样做的话，那对我是多大的安慰呀！

饭后，我们回到她的卧室。她又把我的头发拢了拢，为了叫她高兴，我便由她任意摆弄。就在这个时候，仆人进来禀告说，某亲王求见。听到这个名字，我顿时心头火起。

"什么？"我一把推开她，大声问道，"哪一个？什么亲王？"

她根本不回答我的问话。

"让他上来吧，"她冷淡地对仆人说道，然后转过身面对着我，"我的情郎，你是我最心爱的人，"她用一种迷人的声调说道，"我求你宽容我片刻，只要片刻就行。过后我会百倍千倍地爱你，会感激你一辈子的。"

我又是气恼又是惊讶，半天没说出话来。她一个劲儿地请求，我真想找几句话，给她来一个轻蔑的拒绝。这时，她听到从前厅传来了开门的声音，便不容分说，一只手抓住我披散在肩上的头发，另一只手操起她的梳妆镜，用尽全身力气把我拖到门口，用膝盖把门顶开了。进来的外国人一见这场面确实吃惊不小。他大概已经听到了一点动静，便在外厅止住了脚步。我看见面前是一个衣着十分考究，相貌却无比丑陋的人。见此情景，他非常尴尬，但他依然深深地鞠了一躬。玛侬没容他开口，就把镜子举起来对准了他。"瞧瞧吧，先生，"玛侬说，"先端详端详您的尊容，然后再说句公道话。您向我求爱，可这才是我爱的人，我已经发誓爱他一辈子。您自己比比看吧。您如果认为能够同他争夺我的心，就请告诉我，您倚仗的是什么？我明白地告诉您，在我看来，就是意大利所有的亲王都加在一起，也抵不上我手中的一丝头发。"

她这番狂言看来是早就想好了的。她说这话的时候，我用力想挣脱开，但是没有成功。我对这样一个有身份的人很是怜悯，总觉得应该以礼相待，好弥补这个小小的凌辱。不过他倒很快就恢复了常态，开始反唇相讥。他的话听起来有些粗鲁，以致我打消了原来的念头。

"小姐,小姐,"他不自然地笑了笑,对玛侬说道,"我总算睁开了眼睛,认清您不是位新手,不像我原先想象的那样。"

他连看也没再看她一眼便退了出去,嘴里还小声嘟囔了一句什么,好像是说法国女郎并不比意大利女郎强多少。在当时那种情况下,我哪还有心思去纠正他对女性的看法呢?

玛侬松开我的头发,扑在一把圈椅上咯咯大笑起来,笑得整个屋子都震动了。她刚才做出的举动不能有旁的解释,只能是为了爱情。老实说,这深深打动了我的心。然而我觉得,玩笑开得还是有些过分了,就责备了她几句。她告诉我说,我的这位情敌已在布洛涅树林纠缠了她好几天,还做出各种怪相来向她暗示倾慕之心,后来拿定主意公开表白爱情,让她和女伴们的车夫把情信转交给她。信中有他的署名,还罗列了一大串头衔,同时许下诺言,说在两界山[①]的那一边,她能得到一笔令人垂涎的财富,并将永远受到宠爱。回到夏月村以后,玛侬本打算把这件事告诉我,可转念一想,何不借此取取乐呢。这样,她便驾驭不

---

①指法国与意大利交界处的阿尔卑斯山。

住自己的想象力了。她给意大利亲王回了一封信，用一种恭维语气邀请他在方便的时候到住所来看望她。除此之外，她又琢磨出一件开心事，就是安排我上场，却把我蒙在鼓里。我陶醉在爱情的胜利之中，只字未提从另外途径得到的情况，对她的所作所为无不点头称是。

我发现在我这一生中，上天总是选择我似乎最走运的时刻，给我以最严酷的惩罚。有小T先生的友谊，有玛侬的爱情，我感到非常的幸福。在这种时候，若是有人让我防备大祸临头的话，我是绝对不会理解的。然而谁曾料到，一场大祸正在孕育之中，我要遭受的打击，陷入的悲惨境地，就跟您在帕西镇亲眼见到的那样。而且，这场大祸逼得我一步步走上可怜可叹的绝路，说起来您是很难相信的。

一天，小T先生同我们共进晚餐，突然听到辘辘的车轮声，一辆马车在旅馆大门口停住了。我们都觉得奇怪，很想知道这个时候，究竟是谁会到这儿来。别人告诉我们说那是小G.M.，他父亲就是我们最残酷的仇敌，就是那个把我关进圣拉扎尔修道院、把玛侬关进妇女教养院的老色鬼。一听他的姓名，我的脸都气红了。

我对小 T 先生说:"真是老天有眼,让他到这儿来替他的缺德父亲接受惩罚。他若是不同我较量较量剑术,就休想从这儿脱身。"

小 T 先生本来认识他,甚至是他的好友,于是竭力劝阻我。小 T 先生向我担保说,小 G.M. 是个很可爱的年轻人,不大可能参与他父亲的勾当;只要我见上他一面,我们两人便一定会相互产生好感。小 T 先生说了他一大堆好话,然后请我允许把他请进来和我们共进晚餐。把玛侬的住址暴露给我们仇敌的儿子实在危险,小 T 先生却不以为然。他愿意以自己的名声和信誉担保,说小 G.M. 一旦结识我们,肯定会成为我们最热忱的保护者。

既然如此,我也就没再让小 T 先生为难。他同小 G.M. 谈了片刻,跟他讲了我们是谁,然后才把他带进来。进门以后,他的态度确实使我们产生了一种好感。他拥抱了我,便跟我们一起入座。他称赞玛侬,称赞我,称赞我们所有的一切。他吃得津津有味,对我们的晚餐赞不绝口。杯盘收拾下去以后,谈话便变得严肃些了。他垂下眼睛对我们说,他父亲敌视我们,做法未免太过火了,他向我们表示最诚恳的歉意。

"我就不提那些事情啦,"他对我们说,"一提起来简直叫我无地自容。"

他再三向我道歉,态度愈加诚恳。没谈上半个小时,我就发现,玛侬的魅力对他起了作用。他的眼神和态度变得愈来愈亲切,也愈来愈脉脉含情了。虽然他在言谈话语中并没流露出什么,可我在情场上见识得多了,用不着拿嫉妒的眼光来看,也分辨得出那是一种什么感情。晚上,他又陪着我们坐了一阵子,表示认识我们很荣幸,并请求允许他常来为我们效劳,然后就告辞了。第二天清晨,小T先生上了他的马车,同他一道走了。

正如我前面所说的那样,我生来不好嫉妒。我对玛侬的誓言更加轻信了。这个迷人的女人成了我心灵的绝对主宰,我的任何细微感情,无不出自对她的爱和尊敬。小G.M.喜欢玛侬,这我并不怪罪她;她有这么大的魅力,反倒使我感到高兴。一想到爱我的人是人人都喜爱的姑娘,我心里就扬扬自得。我甚至都觉得没有必要把我对小G.M.的怀疑告诉她。那几天,我们正忙着给她试衣服,商量我们能不能去喜剧院,用不用担心在那里被人认出来。周末,小T先生又来看我们。我们征求了他的意见,他心里很清楚,要让玛侬高兴就得说可以去看戏。我们商定,当天晚上同他一道去。

不过这个打算并没有实现。小 T 先生把我拉到一边，对我说：

"这几天我没来，因为碰到了一件非常棘手的事情，今天来就是为了这个缘故。小 G.M. 爱上了您的情人，向我吐露了真情。我是他的知心朋友，一向对他有求必应，可我同样也是您的好朋友。我认为他这种想法很不正当，所以就没有同意。如果他只打算用通常的手段讨她的欢心，我也就替他保密了。然而他掌握了玛侬的脾气，不知他从哪儿了解到玛侬爱阔气，爱玩乐。他告诉我说，他已经享有很大一笔财产，想先用金钱引诱她，给她一份厚礼，再给她一万里弗尔的年金。要是你们双方都是对等的话，那我要背叛他就会为难得多。但是，正义和友谊全在您这一边。再说这事也主要怨我不慎，竟把他引见给你们，由此才引起了他的情欲。事端是我引起的，防止酿成灾祸，我更责无旁贷了。"

我感谢小 T 先生见危相助，同时我也坦诚相见，承认玛侬的脾气正像小 G.M. 想象的那样，也就是说，她听不得穷困二字。

"不过，"我对他说，"如果问题只在钱多钱少的话，那我相信她不会抛弃我，投入另一个人的怀抱。我现在能够满足她的任何需要，而且我估计，我的财产还会一天天增加。"接着我又补充说："我只担心一点，就是小G.M.知道了我们的住址，会不会给我们制造麻烦。"

小T先生劝我放心，说小G.M.会如痴如狂地爱玛侬，但不会干出什么缺德事。如果小G.M.真的如此下流，那么，他首先就去找小G.M.算账，以此来弥补自己造成的不幸。

"您的情我领了，"我说，"事已至此，也没有保险的办法来补救了。为了预防不测，最明智的办法还是离开夏月村，搬到别处去住。"

"是啊，搬走倒是不错，"小T先生说，"但恐怕已来不及了，因为小G.M.中午就要到这儿来。这是他昨天跟我说的，所以我才一早就跑来，把他的来意告诉您。他随时都可能到。"

事情如此紧急，我不能不认真对待了。我觉得，既然无法回避小G.M.的来访，也难阻止他向玛侬表白，还不如干脆向玛侬挑明这件事，把我的新情敌的意图告诉她。我想，如果她知道我晓得他将跟她说些什么，并且有我在场的话，那她就会有足够的勇气来回绝他。我把这个想法告诉了小 T 先生,他说这事很不好办。

"我承认不好办,"我对他说,"不过,凡是别人信任自己情人的理由,我全具备,怎么能不信任玛侬的感情呢。只有丰厚的礼物才能把她迷住,我对您说过,她根本不懂得利害关系。她喜欢舒适的生活,可也爱我。从目前来看,说什么我也不相信她不爱我,而去爱那个把她投入教养院的家伙的儿子。"

总之,我坚持自己的看法。等我和玛侬单独在一起的时候,我把刚听说的事情原原本本地告诉了她。

玛侬见我对她如此相看,非常感激,并向我保证说,她接受小 G.M. 赠礼的方式,准会叫他断了这种念头。

"不,"我对她说,"不要对他无礼;要是惹火了他,他会让我们倒霉的。"我又笑着加了一句:"不过,你是个机灵鬼,知道如何甩掉一个叫人不堪忍受的追求者。"

她沉思了片刻,然后大声说:"我有了个好主意,真没想到我能琢磨出这么一条妙计。小 G.M. 是我们最狠毒的仇敌的儿子。要讲报仇,应该找他老子,而不是他,但是我们可以通过捞他的钱来报这个仇。我要听他讲些什么,也收下他的礼物,然后捉弄他一番。"

"这办法好是好,"我对她说,"不过,我可怜的孩子,你难道就没想一想,不正是这条路把我们送进教养院去的吗?"

我一再说这样做有风险,可是没用。她说只要掌握好分寸就不会出问题,把我的异议一一驳回了。谁能给我指出一个深深爱慕着自己的情人、而对其任性又毫不盲从的男人,我就承认我这样轻易退让是错误的。我们决定欺骗小 G.M.,但是我在命运捉弄之下,反倒上了他的当。

将近十一点钟,我们瞧见小 G.M. 的马车到了。他讲了几句很得体的客套话,让我们原谅他不请自来、要和我们共进午餐。他看见小 T 先生一点也不感到惊异,因为小 T 先生昨天曾答应他也到这儿来。不过小 T 先生借口要办一件事情,没与他同车。我们虽然各怀鬼胎,但脸上还都是热情洋溢,一同在餐厅入座了。小 G.M. 很容易就找到了向玛侬表白爱情的机会。我觉得待在那儿碍手碍脚,就特意走开了一会儿。我回来的时候,见他没有垂头丧气,显然没有遭受严词拒绝。他兴致勃勃,我也装出很高兴的样子。他在心里笑我单纯,我却暗自笑他天真。整个下午我们就是这样作戏,各自认为耍弄了对方。等他要告辞的时候,我还有意照顾他，使他有个机会单独跟玛侬说说话，让他既觉得我的饭菜丰盛，又觉得我待客殷勤。

小 G.M. 同小 T 先生刚一登上马车，玛侬就伸开双臂向我扑来，抱住我哈哈大笑。她把小 G.M. 对她说的话和提的条件，都一字不差地向我说了一遍，大意是：他崇拜玛侬，情愿与她分享他的四万里弗尔年金，他父亲死后将留给他的遗产还没计算在内。她将主宰他的心和他的财产。为了证明他的美意，他准备先给她一辆马车、一所家具齐全的住宅、一个侍女、三个男仆和一个厨子。

"瞧这儿子，"我对玛侬说，"比他老子还大方。"接着我加了一句："说真的，这样的条件你就一点不动心吗？"

"我？"说罢，她按照自己的思路改了拉辛的几句诗吟道：

> 我！您怀疑我能做出这种事情？
> 我！我怎堪忍受一副可憎的面孔，
> 它总使我回忆起教养院的阴影！

"不，"我接上她的滑稽对白说：

> 夫人，我难以相信那座教养院，
>
> 不是爱神射在您心灵的利箭。

"不过，"我又说，"一所家具齐备的住宅、一辆马车、三个男仆，这是很诱人的！爱情可没有这么大的吸引力。"

玛侬对我说，她的心永远属于我，也只中了我一个人的利箭。

"他对我许下的诺言，"玛侬说，"与其说是爱情的利箭，不如说是复仇的尖刺。"

我问玛侬是不是打算接受住宅和马车，玛侬说只看中了他的钱。难办的是，怎样在接受一项的同时拒绝另一项。小 G.M. 说要给玛侬写封信，我们决定等看看他信中的详细打算再说。第二天，玛侬果然收到了信。信是一个穿便服的仆人送来的，他很机灵地避开了旁人，找机会同她单独说了几句话。玛侬让他等着拿回信，然后立即把信拿给我看。我们一起拆开信，信里除了爱情上的陈词滥调之外，就是我情敌许诺的具体内容。他花钱可真够大方的。小 G.M. 答应，等玛侬一搬进给她的住宅，就数给她一万法郎现金，一切用度日后由他补偿,让她手头总保持这个数目。乔迁的日期也安排得很近,他只要求两天的筹备时间,信中还把住宅牌号和街名都写明了,说如果她能逃出我的手心的话,他就于次日午后在那所住宅等她。他唯一担心的是她能否逃脱,余下的事情他都胸有成竹。同时他还写道,如果她预计很难从我这儿逃出,那他会另想办法。

小 G.M. 比他老子滑头多了,他要等逮住猎物以后才肯数钱。我同玛侬合计她该怎么行动。我还是极力劝她放弃这个冒险的计划,但是,我无论说什么也动摇不了她的决心。她给小 G.M. 写了个简短的答复,说她肯定按照约定进城赴约,让他尽管放心地等待。然后我们商定:我立即动身,到巴黎城东物色一个村庄,重新租一所房子,再把我们简单的行李搬过去;第二天下午,她将按照约好的时间早早赶到城里,接受小 G.M. 的馈赠之后,就坚持要他陪着去喜剧院;她将尽量把钱随身带上,剩下的钱物交给我的仆人。玛侬打算带在身边的仆人,就是把她从教养院放出来的那个人,他对我们始终忠心耿耿。我将乘一辆出租马车在圣安德烈街口等候,到晚上七点来钟,我把马车留下,趁天黑步行到剧院门口。玛侬说,到时候她找个借口离开包厢片刻,乘机下来同我会合。下一步就好办了,我们几步路就能赶到停车地点,然后上车沿着圣安托万区的大道出城,直奔我们的新宅。

这个计划尽管很荒唐,可我们还是觉得安排得挺妥善。其实,这个计划即使完全成功,也难免不会造成恶果,要想避免后果是极其轻率的幻想。可是,我们仍然盲目自信,竟不惜去冒风险。玛侬和我们的仆人马塞尔就要动身了。眼看着她要走,我心里十分痛苦。我一边拥抱她一边说:

"玛侬,千万别欺骗我。你会对我忠诚吗?"

她温柔地埋怨了我几句,说我不该猜疑她,又向我发了一回誓。她打算三点钟左右赶到城里。她走后我就动身了。我进了圣米歇尔桥附近的弗雷咖啡馆,消磨了下午余下的时间;等到夜幕降临,就出门叫了一辆马车,依照事先的安排,让马车停在圣安德烈街口,然后步行到喜剧院门前。原定马塞尔在那儿等我,可我没见到他,心里不免有些诧异。我混杂在仆人堆里,注视着来往行人,耐着性子等了一个小时。最后,钟打七点了,我们计划好的事却连点影儿也没有。我买了张池座票进了剧院,想瞧瞧玛侬和小 G.M. 在不在包厢里。结果他们俩一个也不在。我又回到门口,焦急不安地等了一刻钟，还是不见他们的影儿。我不知道如何是好，便向我的马车走去。车夫见我过来，赶紧迎上几步，神秘地对我说，车里有一位漂亮的小姐，已经等了我一个小时了。那小姐一说我的相貌特点，车夫就知道是找我。她知道我过一会儿就会回来，便说她可以耐心等候。我一想准是玛侬。我走到车前，看见了一张漂亮的小脸蛋儿，但并不是玛侬，而是一个我素不相识的女郎。她先开口问我是不是格里欧骑士先生，我对她说，正是。

"我有一封信要交给您，"她接着说，"看了信您就会明白，我为什么来找您，又是如何有幸得知您的大名。"

我想到附近的酒馆去看信，请她在此稍候。

她要跟我一同去，并建议我要个单间。

"是哪位写来的信？"我上楼时问她。

她说我一看信就知道了。我认出来了，正是玛侬的笔体。信的大意是：小 G.M. 接待她的礼仪和排场，大大超过了她的想象。他送给她一大堆礼品，让她看到将来会过上王后般的生活。然而就是身在华美的新居里，她也没有把我忘记。不过，她提出晚上去喜剧院，小 G.M. 却没有答应，她只好把见我的美愿推迟。

料想这个消息会惹我苦恼,她就设法找来一位巴黎美人儿,好多少给我一点安慰,信即由她送来。署名:"你的忠实的情人——玛侬·列斯戈。"

这封信对我有极为残酷、莫大凌辱的意味,我心中不知道是该发怒,还是该沉痛。过了好一阵子,我才勉强打起精神,想把那背信弃义、虚情假意的情人永远忘掉。我向坐在对面的女郎瞥了一眼:她的容貌美极了。我倒希望她的姿色也使我同样变心和负情,可她既没有灵慧含情的明眸,也没有那种玉容仙姿,更没有那种爱神般光泽的皮肤,总之,上天不吝赐予薄情女玛侬的那些娇态,我在她身上一点也没有发现。

"不,不行,"我移开目光,对她说,"打发你来的那个忘恩负义的女人,她很清楚,让你来是无济于事的。请你回去传我的话,就说让她享受她的罪愆吧,如果她办得出来,就让她毫无愧疚地享受吧。我要永远抛掉她,同时也鄙弃所有的女人。她们虽然不如她可爱,但也肯定和她一样,都是水性杨花的狠心人。"

我打算下楼回我的寓所去,对玛侬已不抱任何幻想了。万箭钻心般的强烈嫉妒,这时已披上了阴沉抑郁的平静外衣。从前遇到这种情况时,心情总是非常激愤,可这次却丝毫没有这种感觉,我真以为自己的痴情快要治愈了。唉!像被小G.M.和玛侬欺骗了一样,我也被爱情欺骗了。

送信的女郎见我要下楼,就问我是否要捎话给小G.M.先生和陪伴他的那位夫人。听她这么一问,我又转身回到餐室。我原来自以为平心静气,却一下子变得怒不可遏。凡是从来没经受过感情上的巨大痛苦的人,听了是不会相信的。

"去吧,"我对她说,"去告诉那个奸诈的小G.M.和那个不要脸的淫妇,你带来的这封该死的信伤透了我的心。不过告诉他们好景不长,我非亲手把他们俩宰了不可!"

我扑在椅子上,帽子掉在一边,手杖丢在另一边,两行眼泪像泉水一样涌了出来。刚才的狂怒又化为悲怆,我失声痛哭,不住地呜咽和叹息。

"过来,我的孩子,过来呀!"我对那个女郎大声说,"他们既然派你来安慰我,那你就过来吧。告诉你,你能不能抚慰我的愤怒和绝望。等我杀了那两个不配活在世上的无义小人以后,你能不能打消我寻短见的念头。"见她怯生生地朝我走近了两步,我又接着说:"对,过来,给我揩干眼泪,让我平静下来。过来,对我说你爱我,好让我忘掉那个负心的情人,习惯习惯另外一个女人的爱情。你挺漂亮，或许我会爱上你的。"

那个可怜的女孩子不过十六七岁，看上去似乎比她那一类女人多些廉耻，面对这样奇怪的场面，她确实吓坏了。不过，她还是走过来想跟我亲热，然后立刻被我推开了。

"你在我身上打的什么主意？"我对她说，"哈，哈！你是个女人，属于我鄙视和不能再容忍的女性。你笑里藏奸。走开，让我一个人待在这儿。"

她向我施了个礼，没敢说什么，转身要走。我又把她喊住。"可是，"我对她说，"你起码得告诉我，他们为什么派你到这儿来，是怎么找你来的，究竟打算干什么？你到底是怎么知道我的姓名，又是怎么知道我在哪儿的？"

她对我说，她早就认识小 G.M. 先生。今天下午五点钟，他派仆人去找她。她跟着仆人来到一所大宅第，看见小 G.M. 先生正同一位漂亮夫人打牌。他们让她到停在圣安德烈街口的一辆马车上找我，并托她带给我一封信，就是刚才交给我的那封信。我又问她，他们就没说别的什么吗？女郎的脸唰地一下子红了，她回答我说，他们让她相信我会留她陪伴我的。

"你上当了，"我对她说，"可怜的姑娘，他们把你骗了。你是一个女人,需要一个男人,但你需要的是一个阔气、走运的男人。这种男人在这儿是找不到的。回去吧,回到小 G.M. 先生那儿去吧,凡是能够获取美人欢心的东西,他应有尽有。他有设备齐全的别墅和成套的马车送人,可我呢,我拿得出来的只有爱情和痴心。女人全都鄙视我的穷困,全都戏弄我的单纯。"

我还说了许许多多别的话,情绪也变化无常,忽而伤心,忽而气愤。然而,由于过度冲动,我的心情渐渐平静下来,可以冷静地思考一下了。我把这次失意拿来同我前几次类似的遭遇比较了一下,并没有发现有什么更使我绝望的地方。我了解玛侬,本来早就应该预料到这种不幸,又何必这样悲伤呢?为什么不想个补救的办法呢?时间还来得及。如果我不想责备自己疏忽大意,自作自受,那就应该不遗余力地挽回局面。想到这里,我开始动脑子,凡是有点希望的办法,全在我心里转了一遍。

凭武力把玛侬从小 G.M. 的手中夺过来是下策,毫无成功的把握,只能毁了我自己。然而我觉得只要有机会同玛侬谈谈,就一定能打动她的心。她心中容易被打动的地方,我全都了如指掌!她是爱我的,这一点我深信不疑。派一个姑娘来安慰我,这样的怪主意,我敢打赌也准是她想出来的。这表明她心疼我,怕我伤心。我决心尽一切努力见她一面。我想了一个又一个办法,最后拿定了主意。

小T先生和我刚一结识,就热情地帮助我;对他的诚挚和热心我没有半点怀疑。我打算立刻到他家去,请他借口有要事相商,派人把小G.M.叫走。我同玛侬谈话有半个小时就足够了。我计划让仆人把我引进她的房间。我认为趁小G.M.不在,这事是不难办到的。

这样决定以后,我心里踏实多了。那个女郎还没有离开,我很大方地付了她一笔钱,并且记下了她的住址,让她以为我会去同她一起过夜,以便打消她再回小G.M.那里去的念头。我登上马车,让车夫尽快地拉到小T先生的住处。路上我一直担心他会不在家,可我还算走运,他并没出门。没等我说完两句话,他就明白了我的困境和来意。听说小G.M.竟把玛侬弄到手,他大吃一惊。他并不清楚造成这次不幸我也有一份过错,于是就爽快地提出,要召集他的全部朋友,用武力解救我的情人。我提醒他那样做会闹得满城风雨,反而可能不利于我和玛侬。

"不到万不得已,不要流血,"我对他说,"我想出了一个更为稳妥的计策,我认为同样可以成功。"

他表示,无论我提出什么要求他都答应。我把我的打算向他说了一遍,只要他借口谈事情,派人把小 G.M. 叫出去缠住一两个小时就行了。他满口答应,立即就同我一起动身了。

一路上我们都在考虑采取什么办法,才能把小 G.M. 拖住那么长时间。我建议他首先写一封便函,注明是从一个酒馆发出去的,请小 G.M. 马上到那里去。就说有要事相商,刻不容缓。

"我去监视他,"我接着说,"见他出门,我就进去。那里只有玛侬和我的仆人马塞尔认识我,进去并不困难。您见到小 G.M. 的时候,就说您找他谈的那件要事是急需一笔钱用,说您刚刚赌输,好几次都凭口头押的赌注,越输越多。他带您到他存钱的地方得用好长时间,这就足够我照计行事了。"

小 T 先生一步不差地照我说的做了。我让他一个人留在一家酒馆里,他很快就写好了一封信。我到离玛侬住宅不远的地方守候。我看见送信的人来了。过了片刻,小 G.M. 走了出来,后面跟着一个贴身仆人。等他走远了我才走到门前,强压着对那不忠的女人的满腔怒火，轻轻敲了敲门，就像敲寺院大门那样恭恭敬敬。正好是马塞尔给我开的门，我打了个手势叫他不要说话。虽然用不着担心别的仆人，我还是压低了嗓音，问他能不能避开别人把我带进玛侬的房间。他说那很容易，只要从主楼梯悄悄上去就行了。

"那我们赶紧上去吧，"我对他说，"我在楼上的时候，你要想法子别让任何人上来。"

我顺顺当当地走进了玛侬的房间，她正在看书。这个性格古怪的姑娘这次可真叫我赞叹不已，见我进来，她既不害怕，也不胆怯，只是稍微显得有点惊讶，如同看到一个原以为出远门的人那样。

"哦！是你呀，亲爱的，"她向我迎过来，像平时一样温柔地拥抱我，"老天爷！你胆子好大呀！真没想到你今天就跑来了。"

我根本不理睬她的亲昵，挣开身子，轻蔑地一把推开她，倒退了两三步。见我这样，她惊呆了。她直愣愣地看着我，脸色陡变。其实，再次见到她，我心里是非常高兴的，就是再有理由发火，也张不开口同她争吵。可是，她对我的无情侮辱，仍使我心如刀绞，我竭力品味这种侮辱，好激起我心中的怨恨。我两眼里喷着火焰，但并不是爱情之火。我一言不发，沉默了好一阵儿。我注意到她浑身瑟瑟发抖,似乎害怕了,便有些于心不忍了。

"啊!玛侬,"我温和地对她说,"忘恩负义的玛侬!我要发泄怨气,从哪儿说起呢?看你脸色苍白,浑身发抖,到现在我还怕你受一点点委屈,担心责备你多了,会使你心里太难过。可是,玛侬,告诉你,你这次变心使我的心都碎了。这样打击情人,不是一心想逼死他又是什么!这是第三次了,玛侬,我记得清清楚楚,这种事是忘不掉的。现在,你思量思量究竟怎么办吧,我这颗悲伤的心再也经不起这样残忍的折磨了。我觉得这颗心就要死去,就要被痛苦撕裂。我支持不住了。"我倒在一张椅子上,接着说:"我简直连说话和支撑身体的力量都没有了。"

她一句话也没有回答我。当我坐下的时候,她扑通一声跪倒在地,把头伏在我的双膝上,拉起我的双手捂住她的脸。霎时间我感到双手被她的泪水浸湿了。天哪!我的心情怎不激动万分!

"啊,玛侬,玛侬,"我长叹了一声,"你已经断送了我的性命,现在再痛哭流涕也太晚了。你心中并不悲痛,却偏要装出一副悲痛的样子。你最大的心病无非是我还待在你的面前,总妨碍你尽情玩乐。你睁开眼睛看看我是谁吧。这样多情的泪水,不能为一个被你狠心欺骗遗弃的苦命人抛洒。"

她仍然跪在地上,吻着我的手。

"朝三暮四的玛侬啊,"我接着说,"毫无心肝的女人,你的诺言、你的海誓山盟都跑到哪儿去了?水性杨花、心肠狠毒的女人,今天竟还发誓爱我,看你把爱情践踏成什么样子啦?"我又说道:"公正的天主,一个不忠不贞的女人曾对您庄严发誓,难道就让她这样捉弄您吗?违背誓言的人竟然受赏!忠于爱情的人却该陷于绝望,被人遗弃!"

我嘴里这样责备她,心中却不胜酸楚,禁不住流下了眼泪。玛侬听我声音变了,知道我哭了,于是她开了口。

"既然我使你这样痛苦,这样愤恨,"她伤心地说,"那我一定是有罪过的了。但如果我原来就知道自己有罪,如果我起过犯罪的念头,那就让老天惩罚我吧!"

我觉得这种话毫无意义,毫无诚意,不由得怒火中烧。

"装模作样,可恶至极!"我大声说道,"我算把你看透了,你不过是个卑鄙无耻的女人。今天我才认清你丑恶的灵魂。永别啦,下贱的女人。"我忽地站起来,接着说:"从今以后,我宁可下地狱,也不愿见你一面。我若是再瞧你一眼,就让老天惩罚我!你和你的新欢待在一起吧!你就爱他吧,厌弃我吧!你就抛却廉耻,丢掉理智吧!我不过置之一笑,一切对我都无所谓了。"

见我大发雷霆,她吓坏了;我已经站了起来,可她依旧跪在椅子旁边,浑身颤抖地看着我,连大气也不敢出。我朝门口走了几步,然后转过身来,眼睛死死盯着她。面对着这样千娇百媚的女人,只有铁石心肠的人才会无动于衷,可我哪有这种野蛮的力量呢?我一下子又转到了另一个极端,急忙向她走去,更确切地说,我不假思索就扑了过去,把她搂在怀里,一个劲儿地亲吻。我请求她原谅我发火,承认自己粗暴,没有资格享受她这样一位姑娘给予的爱情和幸福。我扶她坐到椅子上,反过来我又跪到她的面前,恳求她听我跪着诉说。一个百依百顺的恋人所能想象出来的最恭敬、最温柔的情感,我用寥寥数语的道歉就统统表达出来了。我求她发发慈悲,说一声宽恕我。她用双臂搂住我的脖子,说倒是她要我宽宥,要我忘掉她所造成的痛苦。还说她开始担心,怕我根本不听她的辩白,看来这种担心是有道理的。

"唉，我听！"我立即打断她的话，"我不要你做什么辩白。凡是你做的，我全都赞同。你做什么事情，根本用不着向我作解释。我亲爱的玛侬，如果你内心里对我还有情意，那我就太高兴，太幸福啦！"这时我又想起了我眼下的遭遇，便对她说道："玛侬，你能主宰我的一切，你叫我快乐我就能快乐，你叫我痛苦我就得痛苦。可是，在我的屈从和悔悟让你心满意足之后，你就不能允许我对你诉说我的忧伤和痛苦吗？我今天的命运如何，你能亲口告诉我吗？今天晚上，你是不是决意同我的情敌过夜，置我于死地呢？"

她思索了好一会儿，才回答我。

"我的骑士，"她终于恢复了平静，"要是你一进门就对我说明白，那你就用不着苦恼，我也就免遭一顿抢白了。你的痛苦既然仅仅是出自嫉妒，要是早讲清楚，那也早就治好了，我立刻跟你到天涯海角就是了。看你刚才那样苦恼，我还以为是我当着小 G.M. 面给你写的那封信，以及我们派去见你的那位姑娘惹起的呢。你看了我的信以后，可能误认为我是在嘲弄你；而那位姑娘呢，你一想是我派给你的，就可能误认为这表明我要舍弃你，委身于小 G.M. 了。我想到这些，突然恐慌起来，因为我想，尽管我是清白的，可这些不利的现象我却有口难辩。"接着她又说道,"现在我把事情的原委都告诉你,随后就由你判断好啦。"

于是,她把见到小 G.M. 之后所发生的一切全告诉了我。小 G.M. 就是在这所住宅里等候她的。接待她的排场,真好像是接待世上最尊贵的公主。小 G.M. 领她看了每一个房间,它们都布置得无比雅致洁净。在书房里,小 G.M. 点给了她一万里弗尔,还额外送了她几件首饰;其中的一串项链和一副珍珠手镯,他父亲已经送过她一回了。小 G.M. 把她从书房领到她还没有瞧见的客厅,只见里边已经摆好了精美的茶点。小 G.M. 吩咐新雇来的仆人侍候她,并让他们今后听从女主人的差遣。最后,小 G.M. 又领她去看马车、马匹和其余的礼物。看过礼物,小 G.M. 又提议在晚餐之前打打牌。

"老实说,"玛侬往下说道,"这样豪华的排场真使我眼花缭乱。我心想,光拿走一万里弗尔和几件首饰,丢掉这么多好东西不享受,实在是可惜。对你我来说,这真是一大笔送到手的财富。靠着小 G.M. 的钱,我们完全能舒舒服服地过日子。所以,就没让他领我到喜剧院去,而是想试探试探他对你的看法。我有了个新主意,若是照办,就得看看我们今后有没有见面的方便条件。我觉得他这个人性格挺随和。他问我对你有什么看法,是不是有点舍不得离开你。我跟他说你非常可爱,对我一直真心实意、不吝破费,我当然不会恨你。他也承认你是个有才华的人,很想跟你交个朋友。他问我你会怎样看待我离开你这件事。尤其是你一旦知道我落到了他的手里。我说,我们之间已不是初恋,相处日子长了,感情也就淡漠一些了。再说你现在手头不甚宽裕,失掉我还会减轻一些负担,你也许会觉得这并不是件多么不幸的事。我说完全相信你会心平气和地处理,就毫不犹豫地跟你说,我要到市内来办点事儿,而你也点头了;正巧你也要进城,在我同你分手的时候,你并不显得十分担心。他对我说:'他若真愿意同我和睦相处,我巴不得为他效劳,对他以礼相待。'我向他保证,说我了解你的性格,你肯定会诚恳地接受他的好意。我还对他说,你同家里的关系搞僵之后,经济状况很糟糕,如果他能帮你一把,那你是求之不得的。他马上打断我的话,忙不迭地说他会尽力帮助你。哪怕你愿意另求新欢,他也会给你找一个漂亮的情妇——就是他爱上我之后抛弃的那个女人。"她接着又说:"为了彻底消除他的疑心,我连声说好。我越来越觉得我的计划可行,于是千方百计地想通知你,生怕我没去赴约会使你惊慌失措。正是这个缘故,我才让他晚上就把那位新情妇派到你身边,我好趁机给你写封信去。走这一步实在是迫不得已,因为我指望不上他能让我消停一会儿。他听了我的建议哈哈大笑,随即便把贴身仆人叫来,问仆人能不能把他原来的情妇立刻找来,然后就派他去四处寻找。他先以为应该叫他的情妇到夏月村去找你。但我告诉他说,分手时同你约好在喜剧院见面,万一我有事耽搁了,你说好在圣安德烈街口的一辆马车上等我,因此最好让你的新情妇到那儿去,这至少能免得你苦等一夜。我还对他说,按理应该给你写一封信,不然的话你就会摸不头着脑。信他同意写,可我不得不当着他的面写,所以就特别留心,信里不能说得太露骨。"玛侬继续说道:"你看,事情经过就是这样。我怎么做的,怎么想的,都一五一十地跟你说了。那个年轻姑娘来了以后,我看她长得是挺标致。我就知道我不在跟前,你会烦恼,所以我想莫如让她去陪陪你,暂时给你解解闷。我这完全是一片好心,因为我期望的是你内心的忠实。如果能派马塞尔去看你,那我当然就更高兴了,可是我片刻也脱不开身,没法把我要通知你的事情告诉他。"末了她还告诉我说,小 G.M. 收到小T先生的便函，感到非常为难。"他迟疑了一阵儿，拿不准要不要离开我。他安慰我说，他很快就会回来。正因为如此，见你到这儿来我才有点儿担心；你进来的时候，我心里慌极了。"

我耐着性子听她说完了这番话。不用说，在她的话里，我可以找出许许多多无情侮辱我的地方。她背叛我的企图非常明显，连她自己都不想掩饰了。不可能指望小 G.M. 同她待一整夜，她还能保存她的贞操，而她又是打算同他一起过夜的。对她的情人来说，这是多么无耻的供认啊！然而我认为她的错误中也有我一份。首先，是我把小 G.M. 对她有意的事告诉了她；其次，我盲目迁就，参与了她的冒险计划。我天生心肠很软，竟被她说动了，觉得她的话很坦率，有什么就说什么，老老实实，连最让我恼火的细节都谈到了。我心想，她有罪过，但是没有恶意；她轻浮，处事不慎，可她诚恳坦率。况且，我心中只有爱情，结果一叶障目，看不见她的任何过错。若是当天晚上能把她从我的情敌手中夺回来，我也就心满意足了。不过，我还是问了她一句：

"今天晚上，你准备跟谁一起过？"

我伤心地提出这个问题，倒一下子把她难住了。

她支支吾吾，一会儿"可是"，一会儿"如果"，半天答不出来。瞧着她那个尴尬的样子，我又不忍心了，于是打断了她的话，直截了当地对她说，我希望她这就跟我走。

"走我倒愿意走，"她对我说，"可我的计划，你就不赞成吗？"

"哼！我赞成你直到现在的所作所为，"我回答说，"难道这还不够吗？"

"怎么！我们连那一万里弗尔也不带走吗？"她顶了我一句，"这笔钱是他送给我的，应该属于我。"

我劝她什么也别顾了，最好火速离开，因为我同她在一块儿虽说才只有半个小时，但我还是担心小G.M.会回来。然而她一再恳求我，要我同意不能空手而归。我心想，她已经作了极大让步，我也就该答应她这个要求。

正当我们忙着收拾东西准备动身的时候，我听见有人敲了敲临街的大门。不用说是小G.M.回来了。我心里一慌，便对玛侬说，如果是他，他就休想活命。的确，我还耿耿于怀，见了小G.M.我是克制不住的。后来一看是马塞尔给我送来了一封便函，我才松了一口气。便函是他到门口替我收下的，发函人是小T先生。

小 T 先生告诉我，小 G.M. 回家给他取钱去了，于是他乘便告诉我一个十分有趣的主意：依他之见，我只有吃掉小 G.M. 的晚餐，当夜睡在他打算与我的情人共寝的那张床上，那才是对我情敌的最称心如意的报复。小 T 先生还写道，他认为这事并不难办，只要我能设法找到三四个有胆量的人，让他们在街上劫持小 G.M.，把他牢牢看管到第二天早晨就行了。小 T 先生还保证说，他编好了理由，等小 G.M. 返回，至少还可以拖住他一个小时。

我给玛侬看了便函，并且告诉她我是用了什么妙计，才大摇大摆走进她的房间的。她认为我和小 T 先生想出的主意真是妙极了，我们又尽情地取笑了一阵儿。可是，当我把小 T 先生这个主意也当成笑谈时，她却一本正经地硬要我照办，好像她非常着迷，这真叫我感到意外。我问她，事情来得这样突然，又要劫持小 G.M.，又要牢牢地看住他，叫我一下子到哪儿去找合适的人呢？可她就是听不进去，说小 T 先生既然保证还可以拖住他一个小时，那我们为何不试一试呢？她说我独断专行，不为她着想，这一句话就驳掉了我提出来的其他难处了。她觉得这个主意再有趣不过了。

"你能享用他的晚餐,"她又对我说,"睡他的床,明天一大早儿,再把他的情妇和金钱拐跑,这样既向他老子报了仇,又对小 G.M. 本人雪了恨,这不是一箭双雕吗?"

尽管我心里隐隐感到不安,似乎预感到一场大祸就要临头,可在她的再三请求下,我只好同意了。我走出门,打算去求两三个以前列斯戈介绍我认识的王宫卫士帮忙,让他们去劫持小 G.M.。我在他们的住处只找到一位。那个天不怕地不怕的家伙,还没等弄清是怎么回事儿,就满口答应,说是保证成功。他决定再找三名卫士,由他领头干,只要找出十个皮斯托尔来犒劳犒劳他们就行。我请他抓紧时间。不到一刻钟他就把他们召集来了。我在他的房间里等着他,一俟他领着同伴回来,就亲自把他们带到一条街的拐角,这个地方是小 G.M. 回玛侬住所的必经之路。我嘱咐他不要虐待小 G.M.,但一定得看住,直到明天早上七点钟,千万不能让他跑掉。他说打算把小 G.M. 带到他的房间去,逼他脱掉衣服,甚至逼他睡在他的床上,他和那三个伙计则喝酒摸牌,混他一夜。等看见了小 G.M. 的身影,我才离开他们几个人,后退了几步,躲到暗处,要亲眼看看这个千载难逢的场面。那个卫士拿着手枪走到小G.M.面前,很有礼貌地对他说既不想要他的命,也不想要他的钱;但是,他如果稍微有点反抗,拒绝跟他走,或者叫喊一声的话,就叫他的脑袋开花。小G.M.见他有三个兵士在一旁助威,加上也怕挨一颗子弹,就乖乖地服从了。我看着他像头绵羊一样被带走了。

我立刻回到玛侬身边。为了不叫仆人们起疑心,我进门的时候对她说,晚餐不必等小G.M.先生回来了,说他没想到会被事情拖住,便请我来向她转达他的歉意,并让我陪她进晚餐。紧接着我说能陪伴这样一位美丽的夫人,真感到无上荣幸。她也随机应变,为我打着圆场。我们入座后,仆人们在一旁给我们上菜,我们则装出一本正经的样子。最后,我们吩咐仆人退出去,准备度过我们一生中最惬意的一个晚上。我暗暗吩咐马塞尔雇好一辆马车,定好次日清晨六点钟以前在门口等候。将近午夜时分,我故意向玛侬告了辞,但在马塞尔的帮助下,我又偷偷溜了回来。我刚刚占据了小G.M.在餐桌上的席位,现在又准备来占据他的床位了。

就在此刻,左右我们命运的恶魔施起法术,要来断送我们了。正当我们得意忘形的时候,利剑已经高悬在我们的头顶之上,而且系剑的丝线眼看就要断了。不过,为了让你们弄清楚我们身败名裂的全部经过,我应该把事情的原因交代清楚。

小 G.M. 被人捉住的时候,他身后还跟随一个仆人。那小伙子见主人被劫,吓得掉头就跑。为了救他的主人,他要做的头一件事就是向老 G.M. 报告。这样骇人听闻的消息不能不使老 G.M. 惊恐不安:他只有那么一个儿子,他虽年事已高,性子却非常暴躁。他首先盘问那个仆人,他儿子下午都干了些什么,有没有同人争吵过,有没有牵扯到别人的争端里,有没有到什么可疑的住所去过。那个仆人以为他的主人性命难保,为了救主人,就把他知道的情况全讲了出来。他说主人爱上了玛侬,为她花了很多钱,讲了主人怎样在宅子里从午后一直待到晚上九点,后来出了门儿,回来时在路上怎样被人劫走了。听了这些情况,老头子就揣摩出是有人跟他儿子争风吃醋。当时少说已是夜里十点半了,但他毫不犹豫,立刻就去见警察总监,请求总监向全部巡逻队下达一项特别命令,并请求拨给他一支巡逻队,他亲自带着队伍到了出事的街道,察看了现场。城里凡是有一线希望能找到他儿子的地方,他都跑遍了,可还是没发现一点踪迹。最后,他以为儿子可能回去了，就让人把他带到儿子的情妇那里去。

他到的时候，我正准备上床睡觉。卧室的门关着，我一点儿也没听见敲打临街那道门的声音。老G.M.带领两名兵士进了院子，一一问过仆人，可是依然毫无结果，于是他打算见见儿子的情妇，想从她那儿打听点消息。他走上楼来，两个兵士一直跟在他的身后。我们正要上床安歇，他推开了门。一见进来的是他，我们周身的血都凝住了。

"天哪！是老G.M.！"我对玛侬说。

我赶忙跳起来取我的剑，可惜剑被我的腰带缠住，怎么也抽不出来。那两个兵士见我要动手，立刻扑过来，夺走了我的剑。一个只穿睡衣的人是无法反抗的。他们剥夺了我所有的自卫手段。

老G.M.虽然一时吓慌了神儿，但很快就认出了我，就更不用说玛侬了。

"难道这是幻觉吗？"他严肃地对我们说，"我看到的不就是格里欧骑士和玛侬·列斯戈小姐吗？"

我恼羞成怒，一句话也答不上来。他停了一会儿，脑袋里似乎转着各种念头。突然，好像有个什么一闪之念激怒了他，他对着我大声嚷道："啊，浑蛋！肯定是你把我儿子杀死了！"

听他张口骂人,我立时火冒三丈。

"老恶棍!"我傲慢地回答他说,"若想杀掉你家的什么人,我一定先拿你开刀。"

"看住他,"他对兵士们说,"非让他说出我儿子的下落不可。等一会儿,如果他不告诉我他把我儿子弄到哪儿去了,明天我就让人绞死他。"

"你要绞死我?"我说,"无耻的东西!在绞刑架上只能找到你这号人。告诉你,我的血统比我高贵纯洁得多。"随后我又说了一句:"对,我知道你儿子的下落,你若是把我惹火了,到不了明天,我就让人把他掐死,你也逃不脱同样的下场。"

我一时失慎,竟说出了我知道他儿子在哪里,可我当时怒发冲冠,哪能考虑得那么多呢。外面有五六个兵士守候着,他立刻把他们叫进来,命令他们把宅内的仆人全都看起来。

"哈,哈!"他又以嘲笑的口吻说道,"骑士先生,你知道我儿子在哪里,还要让人把他掐死,对不对?放心吧,我们会把这件事安排妥当的。"

我立刻意识到我又走错了一步。玛侬一直坐在床上哭泣,老 G.M. 走上前去,油腔滑调地对她说了几句恭维话,说她手法高超,竟然把老子和儿子全给迷住了。这个老色鬼还要跟她动手动脚。

"别碰她!"我大声喊道,"你要敢动一动她,别怪我不客气,什么神灵也休想从我手里把你救出去。"

他命令三名兵士留在房间里,催我们快穿衣服,说罢就出去了。

我不知道他想在我们身上打什么主意。我要是说出他儿子在什么地方,他也许会把我们放了吧。我一面穿衣服,一面考虑这是不是上策。如果说他离开房间的时候,曾有过这种打算的话,那么等他回来的时候,主意却完全变了。兵士们已经把玛侬的仆人全看管起来,老 G.M. 审问了他们。从他儿子给玛侬雇的那些仆人口里,他什么也没有问出来。他听说马塞尔从前侍候过我们,就决定用威胁手段使他开口。马塞尔是个忠实的小伙子,可他头脑简单,缺乏见识。回想起玛侬是他私自从妇女教养院里放出来的,加上老 G.M. 又在极力吓唬他,这个傻小伙子便吓破了胆,以为很可能要把他绞死,或者判个轮刑[①]。他说只要保他一条命,他一定供认不讳。老 G.M. 听了这话,认定我们的案子中还有更严重、罪过更大的情节,他至

---

① 法国古代一种酷刑,即把打断四肢的罪犯绑在大车轮上,让他慢慢死去。

今还没有发现。他对马塞尔说,要是交代出来,不仅可以保他不死,还会给他重赏。

这个该死的仆人把我们的一部分计划告诉了老G.M.。当初因为需要他出些力,我同玛侬商量计划也就没避讳他。我们在巴黎市内改变了计划,这他一点也不知道。可是离开夏月村的时候,他是了解我们的行动计划的,也知道他应该扮演什么角色。他跟老G.M.说,我们的目的是骗他儿子的钱,玛侬将要收到一万里弗尔,也许这笔钱已经到手了。按照我们的计划,这笔钱一出手,G.M.家的继承人就永远也收不回去了。

老G.M.听了这话,火冒三丈,立即转身上楼,冲进了我们的房间。他一声不吭,径直闯入书房,没费多大劲儿就把钱和首饰找到了。他回到我们面前,气得脸红脖子粗,拿着钱物给我们看,信口胡说这是我们的赃物,同时辱骂我们。他把珍珠项链和手镯举到玛侬的眼皮底下,讥笑着说:

"您还认得吧?这两样东西您不是头一遭见到了。我敢说这还是原来的东西。我的美人儿,不难看出,这两样首饰很合您的口味。"随后他又加了一句:"可怜的孩子们!他俩都爱煞个人儿,可就是好骗人。"

听他这样血口喷人，我的肺都要气炸了。只要片刻的自由，我就会给他……天理昭昭，我绝不会轻饶他！我终究还是强压下心中的怒火，冷静了下来，而这种冷静只能说明我愤怒到了极点。

"好啦，先生，别再冷言冷语地侮辱我们的人格了！"我对他说，"究竟要怎么样？说吧，您究竟打算拿我们怎么办？"

"怎么办吗，骑士先生？"他答道，"马上进夏特莱监狱。明天总会亮天的，事情嘛，也就会看得更清楚了。说到头来，我是希望您能行善积德，告诉我我儿子在什么地方。"

事情明摆着，一旦把我们关进夏特莱监狱，那后果是不堪设想的。一想到这场牢狱之灾已不可避免，我心里便不寒而栗。尽管我生来非常傲气，可好汉不吃眼前亏，为了用屈从来换得一点宽容，我不得不恭维自己最残忍的死对头。我恳请他拿出片刻时间，听我说上几句话。

"先生，我承认自己理亏，"我对他说，"坦率地讲，我由于年轻，犯下了很大的错误，冒犯了您，惹得您恨我。但是，如果您了解爱情的力量，如果您能体会到，一个不幸的年轻人被剥夺了所爱的一切会有多么痛苦，那么，对我一时冲动而搞的小小报复，您也许就会认为是情有可原了，至少您也会认为，我刚才所受的凌辱已经抵得上我应得的惩罚。您不必用监狱威胁，也不必动刑罚，我就会说出您儿子在哪里。您儿子平安无事。我没有谋害他的意思，也并不想触犯您。您如果宽宏大量放开我们，我一定奉告他的下落，他正在那里安安稳稳地睡觉呢。"

这个狼心狗肺的家伙笑着背过身去，对我的请求无动于衷。他随口说了几句，我才恍然大悟，原来他已掌握了我们计划的来龙去脉。至于他的儿子，他粗暴地说，既然我没有杀害他，那么要找到他是不难的。

"把他们押到夏特莱监狱去，"他对兵士们说，"千万留神，别让这位骑士跑掉。这个家伙很鬼，已经从圣拉扎尔逃出过一次了。"

说罢他就走了出去。我当时的处境你们是能想象出来的。

"老天爷！"我喊道，"随您怎么处置我，我都老老实实地接受。可是，一个卑鄙的恶棍，竟然这样仗势欺人，可真叫我难以忍受！"

士兵们催我们快点动身。一辆马车候在大门口，我伸手搀着玛侬往楼下走去。

"走吧,我亲爱的王后,"我说,"谁让我们命苦呢!也许苍天保佑,有朝一日我们会时来运转。"

我们同乘一辆马车,玛侬偎依在我怀里。自从老G.M.撞进我们房间之后,我还没听见她开口讲过一句话。但是此刻,她同我单独在一起,情话却滔滔不绝。她自怨自艾,说她害得我跟着她受苦。我让她放心,只要她永远爱我,我绝不会抱怨命运。

"需要怜悯的不是我,"我接着说,"坐几个月牢算什么,我一点也不在乎。要跟圣拉扎尔教养院相比,夏特莱监狱还强得多呢。亲爱的,我心里愁的只是你呀。这样一个妙人的命怎么这般苦呢!苍天哪!她是您最完美的造物,可您为什么对她这样严酷呢?我们俩为什么不生来就愚昧无知,好配得上我们悲惨的命运呢?我们天生就有聪明的头脑和高尚的情趣,天生就有丰富的情感。唉!我们竟让这些天赋派了多么可悲的用场!而多少只配我们这样厄运的卑鄙小人,却成了命运的宠儿!"

想到这里我五内俱焚,然而瞻念将来,又觉得这些都不算什么了,因为我为玛侬担心得要死。她有妇女教养院的前科,就算上次是合法出狱的,再犯同类罪也得从重判刑。我很想对她说出我的心事,可又害怕吓坏了她。我为她心惊胆战,可又不敢把忧虑告诉她。我一边拥抱她,一边唉声叹气,心想至少也应当用我的爱情安慰安慰她,我敢于表达出来的,也几乎只有爱情了。

"玛侬,"我对她说,"你说心里话,你能永远爱我吗?"

她回答我说,我居然现在还怀疑她对我的感情,太使她难过了。

"那好,"我说,"我一点也不怀疑了。有你这样的保证,我就敢跟我们所有的仇敌斗下去。我要利用我家庭的影响,首先争取出狱。一旦获得自由,我要不立即把你救出来,那我就算枉活了一世。"

我们到了监狱。他们把我们俩分别关在两处。对此我早有所料,所以也不觉得怎么难以忍受。我告诉玛侬的看守,我是个有身份的人,他若能好好照顾玛侬,我将来一定会有重谢。分手的时候,我抱住了我亲爱的情人,求她千万不要过分伤心,只要我活在世上,她就什么也不用怕。我把身上仅有的钱分给了她一些,又从余下的钱中拿出一部分交给了看守,算是我们俩预交一个月的特等膳食费。

我的钱很起作用。他们把我安排在一间设备齐全的囚室里，同时还向我保证说，玛侬的房间也同我这间一样。我立刻开始盘算如何能早日获释。很明显，我的案子中没有任何构成犯罪的情节。就是马塞尔出庭证明我们有意诈骗，那也不要紧。我十分清楚，单凭动机是判不了刑的。我决定马上动笔给我父亲写信，请他亲自到巴黎来一趟。正像我在前面说过的，我觉得关在夏特莱监狱并不像关在圣拉扎尔教养院那样丢人。此外，虽然我对父亲仍很敬畏，可是随着年龄和阅历的增长，我也不那么胆怯了。于是我写了信，发信也没受到刁难。不过，假如我早就知道父亲第二天就会来巴黎，也就不必多此一举了。

原来，我父亲收到了我一个星期前写给他的信。看了信，他心里真有说不出的高兴。但是，我要改邪归正的诺言，不管燃起了他多大希望，他还是认为不能完全听信。眼见为实，他决定到巴黎来，看我是不是真心悔改，好确定下一步怎么办。他是在我被捕的第二天到达巴黎的。他先去拜访了梯伯日，因为我在信中要他回信寄到梯伯日那里。他到那儿既没打听到我的下落，也没打听到我当时的境遇，只听说我从圣·修尔比斯逃出之后的大概情况。梯伯日跟我父亲谈了他同我的最后一次会面，还夸奖了我一番，说我曾对他表示要改恶从善。他还说他相信我完全摆脱了玛侬，但他也觉得奇怪，我已经有一个星期没与他通消息了。我父亲可不轻易上当，见梯伯日埋怨我杳无音信，他就觉得事情有些蹊跷，而梯伯日却没意识到。于是父亲开始细心打听我的下落，结果不出两天，他便查明我被关在夏特莱监狱。

我做梦也想不到父亲会来得这样快。他来看我之前，警察总监先生已找我谈过话，若是把话说得明白些，那就是审讯我。总监责备了我几句，但是他的话既不算严厉，也不叫人难堪。他和蔼地对我说，我那些越轨行为使他非常惋惜；说我跟老 G.M. 先生那样的人作对，是很不明智的。他还说，在我的案子中，鲁莽和轻率的成分实际上超过了狡诈的成分。但是，我这是第二次成为他的犯人了，本来他希望我在圣拉扎尔经受两三个月的训导，总会变得明智一些。案子由这样一位通情达理的法官审理，我非常高兴。我向他解释了事情的经过，态度相当恭顺，说话也很有分寸，他听了之后显得十分满意。他要我不必过于忧伤，考虑到我出身高贵，年纪又轻，他很乐意帮我的忙。我壮着胆子请他关照一下玛侬，并说她性情温柔，心地善良，讲了她一大堆好话。他笑着回答我说，他还没见过玛侬,不过倒听说她是一个危险的女人。听了这话我真是感触万千,不由得向他讲了玛侬许许多多的动人事情,替我可怜的情人辩护,说到伤心之处,我还禁不住流下了眼泪。他命令把我带回牢房。

这位严厉的法官盯着我出去的背影,感慨地叹道:"爱情啊,爱情!难道你就永远也不能和理智携起手来吗?"

我正自愁眉不展,回味着刚才同警察总监的谈话,猛听牢门咣啷一响,只见我父亲走了进来。我预料他过几天会来,心里已经有了一些准备,尽管如此,见他突然到来,我还是惊慌失措,恨不能一下子钻到地底下去。我满面羞愧地走过去拥抱了他。随后他坐了下来,我们两个都没开口。他见我一直低头站着,帽子也没戴,就严肃地对我说:

"坐下吧,先生,坐下。多亏你放荡和诈骗出了名,我才找到了你的住处。你有这样的名望倒不错嘛,在哪儿也藏不住了。你就沿着这条阳关大道走下去吧,将来必定会名扬四海。希望你用不多久就到达终点,走上刑场。你将来肯定会登台示众,那才叫光荣呢!"

我一声没吭,他又接着说:

"做父亲的真不幸啊!他疼爱自己的儿子,费尽心血想把孩子培养成一个深明大义的人，到头来，他却变成一个败坏门庭的骗子！一个人遭遇不幸，总还有个盼头，时过境迁，悲伤也就会一点点减轻了。然而，一个丧失廉耻的不孝之子，放荡成性，一天天堕落，还有什么药方可治呢？"随后他又说："该死的东西，你一声不响，瞧你这老老实实的样子，可惜都是装的，别人还真会把你当成个正派人呢！"

我不能不承认他的责骂有一定道理，但觉得未免有些过火了。我想，应该原原本本地讲一讲自己的想法。

"先生，我可以向您保证，"我对他说，"您眼里看到的恭顺绝不是装出来的。一个出身高贵的子女在他父亲面前，尤其当他父亲生气的时候，自然要毕恭毕敬。我也并不自认是我们家庭中最守规矩的人。我承认应该受到您的责备。不过，我恳求您在责备我的时候稍稍宽容一些，不要骂我是最卑鄙的人，这样严厉的字眼我暂时还不配。您知道，造成我全部过错的是爱情。谁让我这么痴情呢！唉！您不了解感情的力量吗？我是继承您的血统，难道您就从来没有感受过同样的激情吗？是爱情使我变得过分温情、过分狂热、过分痴心，也许对千娇百媚的情人的欲望我也过分迁就了，这些就是我的罪过。就这样一个人，您认为他败坏了您的名声吗?"随即我又温和地说:"好啦,我的好父亲,可怜可怜您的儿子吧,他对您一直满怀敬意和深情,并不像您想象的那样没有廉耻,不知孝敬。您哪知道他有多么可怜。"

讲完这段话,我禁不住掉下几滴眼泪。

父亲的心是大自然的杰作,也像大自然一样宽广。我父亲不仅具有这样一颗心,而且还情趣高雅,才智过人。见我自责的态度这样诚恳,他非常感动,简直都无法掩饰自己心情的变化。

"过来,我可怜的骑士,"他对我说,"过来拥抱拥抱我,你真让我可怜。"

我拥抱了他,他把我紧紧搂住,从这一点就看出了他内心想的是什么。

"用什么办法,才能把你从这地方救出去呢?"他说,"不要瞒我,把你的事情都讲出来吧。"

不管怎么,我的所作所为大体上没有一点会真正损害名誉,至少同家庭有一定地位的青年相比是这样。而且,在我们这个时代,有个情妇并不算一件丑事,在赌博中作弊骗钱也不算丢人。因此,我就把我前一段的经历一五一十地跟父亲讲了。我每承认一件错事,都搬出一些著名的先例,来为自己开脱一番。

"我和一个情妇姘居,"我对他说,"是没有经过明媒正娶。可是××公爵供养着两个情妇,这在巴黎已经家喻户晓;××贵绅跟一个情妇一起过了十年,而那种忠诚的爱,他始终没有给自己的正配。在有身份的法国人当中,三分之二以有情妇为荣。我在赌场上是耍了点手段,可是××侯爵先生、××伯爵先生,不就是专以这种手段为生嘛;××王子和××公爵还是一个骑士赌帮的头子呢!"

至于说我想在G.M.父子的钱财上打主意,我也不难证明不是没有榜样的。可我毕竟还有强烈的自尊心,不甘心跟那样的人相提并论。因此,我请求父亲原谅,说我正是为了复仇和爱情,才忘乎所以,犯下了过失。他问我能不能启发启发他,好想出一个两全其美的法子,既能使我获得自由,又能避免闹得满城风雨。我告诉他,警察总监对我颇有好感。

"您要遇到什么麻烦,"我对他说,"那只能是G.M.父子搞的鬼。所以,我看您最好还是去拜访拜访他们父子。"

父亲答应按我说的去办。我没敢请他为玛侬求情,这绝不是因为我没有这种胆量,而是害怕会惹起我父亲的反感,以致节外生枝,对我和玛侬都没有好处。

直到现在我还怀疑，是不是这种担心造成了我最大的不幸。正是出于这种担心，我没有探询我父亲的意思，没有设法使他对我可怜的情人产生同情。我如果照直说出来，也许就会触动他的恻隐之心，使他有所准备，不至于轻易受G.M.的影响。总之，结果很难预料。也许，命里注定我的一切努力都将白费，但即使如此，起码我也能弄个明白，我的不幸只能怪命不好，只能怪我的仇敌残暴。

我父亲离开我之后，便去拜访老G.M.先生，见到了G.M.父子二人。那个卫士很守信用，到时候就把小G.M.放了。

至今我还不了解他们那次谈话的细节，不过从造成的悲惨后果来看，要判断其中的内容是不难的。

他们一同去见警察总监，我说的是两位父亲。他们向警察总监提出两项请求：一是马上把我放出夏特莱监狱；二是判处玛侬终身监禁，或者把她流放到美洲去。那时正往密西西比河地区大批遣送不法分子。警察总监一口答应，说下一班船就把玛侬押走。

老G.M.先生和我父亲随即就来到监狱，告诉我已经恢复自由了。老G.M.对我早年的品行夸奖了一番，并说我有这样一位父亲真是三生有幸，还劝我从今以后要谨从父教，以父亲为立身榜样。我父亲命我向老G.M.道歉，请他原谅我对他家庭的"冒犯"，并感激他费心同我父亲一起为我出狱之事奔走。我们三个人一起走出了监狱，一句也没有提到我的情人。就因为有他们在眼前，我见到看守时也没敢提到她。唉！就是我再苦心关照也没有用了。流放她的残酷判决和释放我的命令是同时传到的。一个小时之后，那个苦命的姑娘就被押送到了妇女教养院，同另外几个命运相同的可怜女人关在了一起。我父亲逼着我一同到他下榻的旅馆去。当我避开他的眼睛，偷着回到夏特莱监狱的时候，已经将近晚上六点了。我只打算给玛侬送点果酒进去，再嘱咐看守多多照应她，因为我知道他们是不会允许我探监的，而我还没来得及想出解救她的办法。

我要求同看守讲几句话。刚入狱的时候，我曾经拿钱打点过他，而且态度又十分和蔼，所以他欣然同意为我效劳。他跟我谈起了玛侬，对她的不幸深表痛惜，因为他知道我心中会非常难受的。听了他这番话，我一时摸不着头脑。我们像聋子对话一样谈了一阵子。后来，他看出来得跟我解释一下。他说明的情况，前面我已经十分痛心地讲过了，现在重提还是心如刀绞。

就是再严重的中风，后果也没有这样突然和可怕。我肝肠寸断，一下子倒在地上昏了过去，我以为从此永远脱离人世了。直到苏醒过来，我还有这种感觉。我朝房间四处望望，只想看看自己，想弄清楚我是不是还具有活人可悲的意识。如果仅仅遵从要摆脱痛苦的本能的冲动，那么在这种绝望沮丧的时刻，死亡无疑是最好的出路。即使宗教也无法使我预料到，死后会有什么比这种折磨更难忍受的痛苦。然而，爱情显示了奇迹，谢天谢地，我又恢复了知觉和理智。我若离开人世，也只对我一个人有利。玛侬需要我活在世上，需要我去搭救她、帮助她、替她报仇。我发誓：为此目的，我将不惜一切。

看守就像我最好的朋友那样忙着救护我，真让我打心底里感激。

"唉！"我对他说，"看见我这样你不忍心吗？所有的人都抛弃了我。我父亲无疑也是迫害我的一个元凶。没有一个人同情我。在这个无情的野蛮世界上，只有你一个人同情我这个天下最不幸的人。"

他劝我冷静一点再上街。

"别管我，别管我，"我一边往外走一边说，"咱们后会有期，也许比你想象得还要快。你把这里最阴森的地牢给我准备好吧,我要出去大闹一场,好有资格住进来。"

我当初确实是想下狠心杀掉G.M.父子和警察总监,然后领着所有能帮我忙的人,手持武器一同去攻打妇女教养院。我认为在这种正义的复仇行动面前,就是我父亲也很难幸免,因为看守并没向我隐瞒,坑害我的主谋是我父亲和老G.M.。但是我在街上走了几步之后,清爽的晚风使我冷静下来,怒火一点点熄灭,头脑也比较理智了。杀掉我们的仇敌,这对玛侬并没什么用,反而会使我失去自由,无法再解救她。况且,我怎么能采取卑鄙的谋杀手段呢?要报仇,难道就没有别的路了吗?我要集中全部力量和智慧,首先救出玛侬。办成这件大事,再说其余。

我身上的钱已所剩无几了。可是万事钱当先,得想办法搞到钱。我所能指望的只有三个人:小T先生、我父亲和梯伯日。从后两个人手中我大概得不到什么了;再去麻烦小T先生,又实难启齿。但人到了这一步,也就顾不得什么脸面了。于是,我也不管会不会被人认出来,立刻跑到圣·修尔比斯修道院,让人把梯伯日找了出来。他一开口我就听出来,他还不知道我最近的遭遇。我当即就改变了主意,原打算引起他的同情心,现在只笼统地跟他说,我很高兴又见到了我的父亲,接着又请他借给我一笔钱,说是我离开巴黎之前要还点债,但我又不愿意让人知道借债的事。他马上把钱包递给我。我打开一看,见里边有六百法郎,我拿了五百。我要给他立个字据,他十分慷慨,坚决不要。

辞别梯伯日,我又来到小 T 先生的家。我对他毫无保留,把我的不幸与痛苦都倾诉出来。其实,他一直在注视着小 G.M. 的行动,对我的情况了如指掌,但他还是听我把话讲完,并对我极表同情。我请他帮忙,设法救出玛侬。他面有难色,说希望不大,除非老天爷显灵,否则就得死了这条心。他说玛侬转到妇女教养院以后,他还特意去过,可是警察总监下了一道严令,就连他也无法进去探望了。而且真是祸不单行,据他讲,玛侬已被编进一队犯人中去,后天就要出发。一听这话,我惊得魂飞魄散,他就是再讲上一个钟头,我也想不起打断他。接着他告诉我,他所以没到夏特莱去看我,是想让人相信他同我没有瓜葛,以便更好地帮我的忙。他说,从我出狱之后,他就不知我的去向,心里很急;只有一个办法还可以试一试,但得冒一定的风险。他请求我永远替他保密,不能让任何人知道他曾参与策划。他说的办法是：挑选几个勇士，一等押解玛侬的小队离开巴黎，就大胆袭击解差。说罢，不等我开口，他就把钱包递给了我。

"这里是一百皮斯托尔，"他说，"这点钱对您也许有点用处。等您时来运转的时候再还给我好啦。"

他还说，若不是顾及声誉的话，他会亲手持剑搭救我的情人。

见他如此见义勇为，我感动得流下了眼泪。我虽如万箭穿心，可还是对他谢了又谢。我问他求人到警察总监面前说情会不会起点作用，他说他也想过，但认为无济于事，因为这类赦免是不能无缘无故宣布的，再说他也想不出什么由头充当说客，去向那位一本正经的大人物求情。他说，如果想从这方面找门路的话，那就只有让老 G.M. 和我父亲回心转意，再由他们出面去请求警察总监撤销原判。他答应尽力把小 G.M. 争取过来，尽管因为我们的案子，小 G.M. 对他已起了疑心，显得有点冷淡。至于我这方面，他让我千方百计转变我父亲的看法。

对我来说，这可不是一件轻而易举的事情。且不提他很难说服，现在我连见都不敢见他，因为我违背他的指示，从他的房间里偷偷跑了出来。自从得知玛侬要被流放之后，我就决心再也不回去了。我还怕他强行把我扣下，送回外省的家中。这种担心也是不无根据的，上一次我哥哥就是用的这个办法。现在，我固然长大了一些，但是在强暴面前，年龄是无足轻重的。

然而，我想出了一个保险的办法，即换个名字，约他到一个公共场所去。拿定主意后，我马上开始行动。小T先生去找小G.M.，我则到卢森堡公园，从那里打发个人告诉我父亲，说是一位很敬重他的绅士恭请见他一面。此时天色向晚，我担心他不肯来，但是没过多久他却来了，身后跟随着他的仆人。我领他走上一条小径，省得别人打扰。一直走了百十来步，我们谁也没有开口。他心中自然要想，我事先做了这样一番精心的准备，不会是没有重要缘由的。他在等我讲话，可我还在考虑从何说起。后来，我终于开口了。

"先生，"我颤抖着说，"您是一位慈祥的父亲，对我十分疼爱，宽恕了我数不清的过错。上天明鉴，作为您的儿子，我对您也是极孝顺极尊敬的。但是，我觉得……您严厉……"

"怎么！我严厉！"我父亲打断了我的话。他见我吞吞吐吐，显然有点不耐烦了。

"嗯！先生，"我接着说，"我觉得您对可怜的玛侬过分严厉了。您听信了老 G.M. 先生的一面之词。他恨玛侬，就对您把她说得一无是处，使您对她产生了极坏的印象。其实，她是个天下少有的最柔顺最可爱的女子。但愿您能见她一面！她确实非常可爱，我敢肯定，只要见见面，您一定会喜欢她、同情她，从而憎恶阴险的老 G.M.，您也准会怜悯她和我。噢！我相信，您只要不是铁石心肠，就一定会被她打动。"

他见我说起话来滔滔不绝，就又打断了我，问我这番激动的言辞究竟是何用意。

"我求您救我一条命，"我回答说，"玛侬一旦到美洲去，我便一刻也活不成了。"

"不行，不行，"我父亲声色俱厉地说，"我宁愿看着你死去，也不愿意看着你糊里糊涂地丢尽脸面。"

"别走啦！"我拉住他的胳膊大声说道，"您就在这儿处死我吧，反正在这世上我也活够了！是您把我逼到绝路上的,让我一死了之。这种礼物由一个父亲赐予，再合适不过了。"

"我只给你应得的惩罚，"他分辩说，"我认识不少做父亲的，他们要是有你这样的儿子，早就亲手把你杀掉了，哪能等到今天。是我的溺爱把你给毁了。"

我跪到他的面前。

"啊！您如果还有一点善心，"我抱住他的双膝对他说，"就别硬着心肠看我流泪吧。您想想，我是您的儿子呀……天哪！想一想我去世的母亲吧，您从前是那样深情地爱她！假如有人要把她从您手中夺走，您能容忍吗？您一定会拼着性命去保护她。别人不正也有您这样一颗心吗？您也尝过人世甘苦，怎么能一下子就变得这么无情呢？"

"不许你再提你母亲，"他气呼呼地说，"一想起她，我心里就更生气。她若能活到今天，亲眼看到你干的荒唐事，也准叫你气死。"接着他又说："别再说了，听了就叫我心烦，随你说一千道一万，我的主意是定了。我要回旅馆去，你也得跟我一起回去。"

他的声调冷淡而严峻，我全然明白，他是不可能回心转意了。我闪开几步，怕他伸手抓住我。

"您不要逼我违抗您，我已经走投无路了，"我对他说，"我不能跟您回去。您对我这样冷酷无情，我也活不下去了，现在就向您诀别。"接着我悲痛地说："用不了多久，您就会听到我的死信，到那时候，您也许会重温我们的父子之情。"

我转身刚要离开，就听他怒不可遏地喊道：

"你不肯跟我回去是不是？那你就走吧，去自找毁灭吧。忘恩负义的逆子,你再也别见我。"

"永别啦,"我也愤愤地说,"没有心肝的父亲,永别啦。"

我立刻冲出卢森堡公园,像个疯子似的沿着大街向小T先生的家奔去。我一边走,一边仰首向天,举起双臂,乞求神明。

"啊,天主啊!"我喊道,"您也跟人一样无情吗?我求告无门,只有期望您的保佑啦。"

小T先生不在家,不过没等多久他就回来了。他跟我一样,也是空手而归。他垂头丧气地说,小G.M.虽不像他父亲那样恨我和玛侬,可也不愿意为我们向他父亲求情。因为他惧怕那个爱报复的老头子,由于他和玛侬的事情,他已经挨了老子的痛斥。万般无奈只好采用武力,把全部希望都寄托在小T先生对我谈过的计划上面。

"一点把握也没有,"我对他说,"不过,最可靠也最令我安慰的是,即使所谋不成,至少能以身殉难。"

我请他为我祝福,然后就分手了。我没有旁的念头,一心盘算着找几个帮手,鼓起他们的勇气和斗志。

我头一个想到的,就是上次请来劫持小G.M.的那个卫士。整个下午,我心乱如麻,也没心思去找住处，就打算到他那儿去对付一宿。屋里只有他一个人。他见我已经从夏特莱监狱出来,非常高兴,问我有什么难处,他一定尽力帮忙。于是我就把事情向他说了。他很有头脑,估计会困难重重,但他又很讲义气,决心为我排忧解难。夜里,我们又仔细商量了一阵。他提到上次帮他劫持小 G.M. 的三个卫士,说那三条好汉都靠得住。小 T 先生已经把解差的准确数目告诉了我,一共不过六个人。五个勇敢果断的人,足以吓破那几个家伙的胆,他们绝不敢交手抵抗,只会闻风而逃。见我身上有钱,他便劝我说,为了确保袭击成功,我绝不要吝惜钱。

"每人得有一匹马,"他对我说,"还需要手枪,我们再带上自己的火枪。这些装备都包给我,明天就去办。还得给我们的卫士买三套便服,干这种勾当,他们可不敢穿军服。"

从小 T 先生那儿拿到的一百皮斯托尔,我全部交给他,第二天,那笔钱就花得一文不剩。我跟那三个兵士见了面,许下重金,以鼓他们的士气。我先每人赠送十皮斯托尔,以消除他们的疑虑。

动手的日子到了,一大早我就派一个卫士到妇女教养院去探听,看解差同囚犯什么时候动身。仅仅是由于多心和过分担忧,我才采取这一谨慎措施,结果表明并非多余。我原先得到的消息不准确,如果相信那群不幸的女人将在拉罗舍尔港上船,那么,我们就会在奥尔良的官道上空等一场。那个卫士回来一报告我才知道,他们要取道诺曼底,在哈佛尔港搭船去美洲。

我们立即分头动身,从圣奥诺雷门出城,在城郊会合。我们的坐骑精神抖擞,不久便望见了六名解差和一辆简陋的马车;您两年前在帕西都见过。看到那种情景,我浑身瘫软,险些晕过去。

"命运之神!"我大声叫道,"你这狠心的命运之神!如果不让我得胜,就让我死在这里吧!"

我们聚头商量了一下如何进攻。解差们就在前边,顶多不过四百步远。大路沿着一小块田地拐了个弯,只要穿过那块田地,就能够截住他们。那个卫士主张直冲过去,打他们个措手不及。我表示赞同,并头一个催马向前冲去。但是,命运之神却无情地抛弃了我。解差们见五个骑手飞驰而来,认定这是向他们进攻,便毅然端起刺刀和长枪,准备抵抗。见此情形,我和那个卫士斗志更高了。可是,那三个胆小如鼠的帮手却顿时泄了气,不约而同地勒住马,背着我悄说了几句话,随即掉转马头,沿着通往巴黎的大路疾驰而去。

"天哪！"那个卫士说道，他见三个无耻的家伙逃走，和我一样惊慌失措，"咱们怎么办？只剩下咱们两个人。"

我又气又急，一句话也说不出来。我勒马站住，心里犹豫不决，不知是不是该去追赶这几个逃跑的胆小鬼，首先向他们开刀泄恨。我看看三个逃跑的家伙，又看看那些解差。假如我有分身法的话，一定同时冲向这两伙令我愤怒的浑蛋，把他们统统干掉。那个卫士见我茫然四顾、束手无策，就赶过来劝我。

"我们只有两个人，"他对我说，"他们却有六个，而且严阵以待，装备也和我们一样精良，要打那简直是发疯。我们最好先返回巴黎，想法再找几个真正的好汉。解差押着两辆笨重的马车，一天走不了多远。我们不用费劲儿，明天就能赶上他们。"

听了他的话，我思考了片刻。想到步步艰难，希望渺茫，最后把心一横。我要谢绝这位朋友的帮助，不但不袭击解差，反而哀求他们让我跟着走，一直陪同玛侬走到哈佛尔，然后和她一同漂洋过海。

我对那个卫士说："人人都欺负我、背叛我，谁也靠不住。命运也好，别人也好，全都帮不了我。我的不幸已达极点，只好闭上双眼听天由命了。你见义勇为，但愿上天酬赏你！永别了，我命途多舛，甘愿自暴自弃，彻底毁掉。"

他再三劝我返回巴黎，可我执意不从，请他不要管我，最好马上离开，省得那些解差误以为我们还要袭击他们。

我一个人慢腾腾地朝解差们走去，他们见我失魂落魄的样子，自然觉得我走过去没有什么可怕的，不过依然有所戒备。

走到他们跟前，我开口说道："先生们，请放心，我不是来同你们打仗，而是求你们开恩的。"

我请他们继续赶路，不必多心。我一边走一边说，我想求他们给我一点优待。他们在一起合计如何对待我的要求。最后，领头的出面对我说，他们接到命令，要在途中对女犯严加看管，不过看我这个人还挺和善，他和他的伙计倒可以通融通融，让我得明白通融就得破财。我老老实实地跟他们交了底，身上只剩下十五皮斯托尔。

领头的对我说："那好！我们特别优待您。这些姑娘您随便挑，喜欢哪个就陪哪个，一小时一个埃居，这是巴黎的时价。"

我并不打算让他们知道我跟玛侬的关系，所以没有特意提到她。他们起初还以为，我这个青年不过心血来潮，想找这类女人消遣消遣。可后来他们发现我和玛侬是一对恋人，就大大提高了要价，等离开芒特城的时候，我的钱就被勒索光了。我们在芒特歇了一宿，第二天走到了帕西。

那段路上，我跟玛侬讲了哪些伤心话，或者，我获准走近她的马车看到她时的印象，我怎么对你们说好呢？唉！我当时的心情，用言语只能表达出来一半。您想想看，我可怜的情人腰上系着绳索，身下坐着几捆干草，脑袋疲倦地靠在车篷上，脸色惨白，虽然一直闭着眼睛，可泪水却止不住簌簌直往外流。就是在解差忙于应付袭击、乱成一片的时候，她也没有惊奇地抬一抬眼皮。她的衣衫又脏又乱，一双纤手暴露在风尘之中，总之，这位妩媚多姿的少女，这位倾国倾城的美人，此时却显得心灰意冷，颓丧不堪。我骑马与车并行，两眼呆呆地望着她，神思恍恍惚惚，几次险些从马上跌下来。我一边走，一边唉声叹气，唏嘘不已，没想到这竟引起了她的注意。她一认出是我，立时就想跳下车扑过来，但被绳索一下子牵住了，只好坐回原处。

我请那些解差发点儿善心，让马车停一会儿。他们贪图钱财，也就答应了。我下了马，坐到她身边。她精神萎靡，身体衰弱，好半天竟说不出话来，手也不能动弹。我的泪水润湿了她的双手，我也一句话说不出来。我们两人的心都碎了，那情景真是要多凄惨有多凄惨。后来我们总算能说出话了，可我们的话同样也是悲悲切切的。

玛侬话很少，声音微弱而颤抖，好像羞耻和痛苦已经损坏了她的嗓子。她感谢我没忘掉她，叹息着说，她总算又见了我一面，能向我作最后的诀别，了却了她的一份心愿。我安慰她说,什么也不能把我同她分开，就是到了天涯海角，我也要跟她待在一起，好关心她、照料她、爱她，将我们两人悲惨的命运联结在一起，永不分开。可怜的姑娘听了我这番话，心里又是感激又是悲痛，我真怕她激动过度而有生命危险。她内心里的喜怒哀乐好像完全集中到了眼睛里，她一直盯着我，几次张开嘴，可又都无力把话说完。末了，她总算说出了几句话。她钦佩我的爱情，痛悔自己的放荡，并怀疑自己能有这样的福气，竟使我产生炽热的感情；她一再恳求我放弃跟她走的念头，另外寻求与我般配的幸福。她说我同她一起是无望得到这种幸福的。

命运尽管对我这般残酷，可在她的眼神里，在她令我信服的那种感情里，我却找到了欣慰。的确，我失掉了其他人所珍视的一切，但我却占有了玛侬的心，这是我所唯一珍视的财富。欧洲也好，美洲也好，只要能同我的情人一起幸福地生活，在哪里不一样呢？对于一对真心相爱的人来说，偌大的世界，何处不能为家？他们相互间不是可以找到父母的慈爱和亲朋的友情，找到财富和幸福吗？如果我心中还有什么不安的话，那就是怕看到玛侬受苦受穷。我已经想象和她一起到了不毛之地，同野人相处杂居的情景了。

"我敢断定，"我说，"那里的人绝不会像老 G.M. 和我父亲那样残忍。他们起码会让我们太太平平地过日子。如果关于他们的传说靠得住的话，那么他们还是遵从自然法则的。他们既不像老 G.M. 那样贪得无厌，也没有使我父亲视我为仇敌的那种古怪的荣誉观念。他们看到一对恋人同他们一样简朴度日，绝不会无事滋扰的。"

在这方面我用不着担心，但是对于一般生活必需的，我却不能有不切实际的想法。我已经多次体验到，缺东少西是难以忍受的，对于一个过惯了舒适豪华生活的弱女子来说，更是如此。我真后悔自己白白花光了身上的钱，余下的一点儿也要被那几个解差敲诈干净了。我心里暗暗盘算：美洲那地方金钱匮乏，我只要有一小笔钱，就不至于穷困潦倒，不仅可以维持一阵子生活，甚至还可以在那儿安居乐业。转念至此，我又想到了总是给我雪中送炭的挚友梯伯日。于是，路过一个城市的时候，我立刻写了信。我直截了当地告诉他，我需要一笔钱，到哈佛尔·德格拉斯后有急用，并且承认我是陪同玛侬去那里的。我求他给我寄一百皮斯托尔。

我在信中写道："钱寄到哈佛尔，由驿站长替我收下。你很清楚，这是我最后一次求助于你了。我那不幸的情人从我身边永远被夺走了，我不能让她得不到一点安慰就那么离去，她要能得到些安慰，便可减轻她命中的痛苦，否则我将遗恨终生。"

那几个解差发现了我的狂热感情之后，就变得蛮不讲理了。他们给我一点点方便就加倍要价，很快就把我敲诈得身无分文。况且为了爱情，我也不能吝啬金钱，从早到晚都在玛侬身边依依不舍。对我来说，时间已经不是以小时，而是以漫漫长日来计算了。最后，等我囊空如洗的时候，那六个小人就变得盛气凌人，蛮横无理，任意摆布我。这些您在帕西都亲眼见过了。所幸我遇见了您，他们才不得不收敛一些。您慷慨仁慈，一见到我落难，就深表同情。多亏您解囊相助，我才顺利地到达了哈佛尔。那些解差还真信守了诺言，倒有些出乎我的意料。

到达哈佛尔以后，我首先到驿站去瞧瞧。梯伯日的信还没有到。我打听一下哪天才可望收到他的信，听说两天之后才能到。都怪我的命不好，我们要搭乘的那条船，正好是在我所盼望的信到达的那天早晨启航。当时的绝望真难以描述。

"怎么？"我呼喊道，"这些意想不到的倒霉事儿，为什么都偏偏落到我的头上呢？"

玛侬回答说："我们都这样苦命，难道还有什么值得我们牵挂的吗？我亲爱的骑士，我们死在哈佛尔算了。万般苦难，一死便了结！他们既然要折磨我，我们何必还要到一个陌生的国度去受罪呢？到了那里，我们无疑还要忍饥挨冻，受苦受穷。"她翻来覆去地说："我们一起死吧，要不然就让我一个人死，你去找一个命好的情人，交上好运。"

我对她说："不，不，在我看来，和你一道受罪，就是令人羡慕的命运。"

听了她那番话，我真是不寒而栗。我看出她已经挺不住了。为了打消她绝望寻死的不祥念头，我竭力装出一副若无其事的样子,并拿定主意以后装到底。后来我才体会到,若想鼓起一个女人的勇气,莫过于让她所爱的男人具有坚韧不拔的精神。

我已经无望收到梯伯日资助的钱,就把马卖掉了。马钱,加上您送给我余下的钱,总共是十七皮斯托尔。为了给玛侬点安慰,我买了些物品,花了七皮斯托尔,其余十皮斯托尔我仔细地收好,这是我们到美洲后希望与发迹的基本资财。我搭船没有费丝毫周折。当时正在招募自愿到殖民地去的青年人,所以乘船和膳食我可以全部免费。去巴黎的驿车第二天就出发,我便给梯伯日写了一封信。这封信写得感情十分真切,他一定是被深深地感动了,从而做出一个决定。只有一个对遭难的朋友怀有无限深情的人,才能做出那样的决定。

我们扬帆启航了,一路上都是顺风。我得到船长的允许,跟玛侬单独住到了一起。在这些飘零的乘客中间,船长对我们另眼相看。为了让他看重我一点,上船那天,我就同他单独谈了话,把我不幸的身世向他透露了一些。我对他说我已跟玛侬结了婚;我觉得这样讲算不上什么可耻的谎言。他也佯装相信,答应关照我们。在整个航程中,他确实是说到做到。他亲自过问，让人对我们的饮食给予适当照顾。见船长这样高看我们，难友们也对我们格外尊重。我对玛侬一直关怀备至，不让她受到一点委屈。她注意到了这一点，加上我为她毅然舍弃了一切，她便愈加感到悔恨交加，对我也就更加温柔，更加亲热，也更加关心我每一个微小的需求。结果我们两人就这样一直竞相体贴、竞相爱怜，不分上下。离开欧洲，我一点也不觉得遗憾。恰恰相反，航船越驶近美洲，我的心里就越感到宽慰和平静。假如我能够肯定到那里不会短缺生活必需品的话，我就要感谢命运之神的安排，使我们逢凶化吉。

航行了两个月，我们终于登上渴望已久的海岸。乍一看，这个地方丝毫不悦目，只见旷野一片荒凉，苇丛稀稀落落，几株光秃的树在风中瑟瑟发抖。既没有人烟，也没有兽迹。船长命令鸣了几声炮，没过多久，就见一群新奥尔良①公民兴高采烈地向我们跑来。原来在山丘的后面竟有一座城市，只不过是我们看不见。我们像从天而降的人那样受到了欢迎。那些可怜的居民急不可待，向我们提出了成百上千的问题，打听法国的情况，打听他们家乡省份的情况。他们像亲兄弟

---

①法国在北美洲的殖民点，现在位于美国路易斯安那州。

一样地拥抱我们,把我们看成来跟他们分担穷困和孤独的亲密伙伴。我们跟着他们向城里走去,走着走着,我们不禁大吃一惊,别人一直向我们吹嘘的一座大城市,原来不过是一片简陋的木房,仅有五六百户居民。总督府的房子高些,又位于市中心,所以才略显突出。它的周围有几道土垒,土垒外面是一条宽阔的壕沟。

我们首先被引见给总督。他和船长密谈了好长时间,然后回到我们面前,一一仔细端详着同船到达的所有女子。她们一共有三十人,因为另有一批女子在哈佛尔同我们会合了。总督把她们打量了好久,接着派人叫来一些急待成亲的青年人。他把最漂亮的女人配给几个头面人物,其余的就用抽签办法来搭配。他一直未同玛侬讲话,但是,当他让别人退出去的时候,却让玛侬和我留了下来。

他对我们说:"船长跟我说你们已经结了婚,旅途中,他看出你们两个既聪明又有才学。至于你们如何落到这一步,我根本不想过问。如果你们真像给人的印象那样有教养的话,我将尽力帮助你们把日子过得舒心一些。而你们在这未开化的荒凉地方,也要给我增添一点乐趣。"

我的回答使他十分满意,并证实了他对我们的看法。他吩咐手下人在城里给我们准备一个住处，随后又留我们吃晚饭。虽说他是流放地长官，我却发现他待人彬彬有礼。他当众一句不问我们来到此地的原因。晚饭间我们只是泛泛而谈，玛侬和我虽然伤心，可还是尽量应酬，好让晚饭保持愉快的气氛。

晚间，总督派人把我们领到已经收拾好了的住宅。那是一所用木板和泥巴搭成的简易平房，并排有两三间，上面有一间阁楼。屋子里摆着五六把椅子和几样日常所需的用具。玛侬见住房这样寒酸，不免有些发慌。她难过主要是为我，而不是为她自己。等别人一走，她就伤心地哭了起来。起先我只是好言好语相劝，后来听她说是在替我难过，是她连累我受苦，我便装作满不在乎，甚至装出快活的样子，好让她打起精神来。

我对她说："我有什么可抱怨的呢？我想要的全得到了。你爱我，对吧？难道我期待过别的什么幸福吗？就让我们听天由命吧。车到山前必有路，我并不觉着绝望。总督是位通情达理的人，他很看重我们，不会让我们缺衣少食的。我们的房子简陋，家具也粗糙，可你也能看到，显得比我们强的也没有几户。"我吻了她一下，又加上了一句："再说，你还是个出色的点金术士呢，经你一点，一切全能变成金子。"

她回答我说："那你也就成了天下最富有的人啦，因为从来没有一个人的爱情比得上你的爱情，也不会有谁像你这样被人所爱。"她接着说："我清楚自己的所作所为。我感到我从来不配你这样痴情。我曾有好几次伤了你的心，你若不是万分善良，就不可能宽恕我。我以前轻浮、朝三暮四，可一直是爱你的，但我就在爱你爱得发狂的时候，也仍然是个薄情负义的人。不过，说起来你不会相信，我已经大大地改变了。你看到了，自从我们离开法国，我总是流泪，可没有一次是为我自己的不幸伤心。自从你与我共患难以来，我就不觉得不幸了。我之所以哭泣，仅仅是因为心疼你。我曾一度使你痛苦，为此我一直内疚。"她热泪滚滚，接着说道："我一直责备自己水性杨花，也不断地受到你的感化。我实在佩服爱情在你身上的力量，你竟然能够去爱一个不配你爱的不幸女人，她即使献出生命，也抵偿不了她给你造成的一半痛苦。"

她的眼泪，她说的话，以及她说话的声调都叫我感到惊异，我觉得我的心好像裂开了。

我对她说："当心点儿，当心点儿，我亲爱的玛侬。你这样强烈的爱，我还没有足够的力量来领受；这种极度的欢乐我也还一点不习惯。"我提高声音说："天主啊！我对您再也无所祈求了。我已经占有了玛侬的心。正如我祈愿的那样，这颗心给了我幸福，现在，这种幸福时刻陪伴着我。我的幸福已经坚如磐石了。"

她接着说："是的，如果你把幸福寄托在我身上，那它确实坚如磐石了。同时我也很清楚，我自己从什么地方总能得到幸福。"

我带着这些令人心醉的念头进入了梦乡。在我眼里，我的陋室已经变成了世间头号国王的宫殿。从这以后，我觉得美洲也变成了乐园。

我常常对玛侬说："谁想享受真正甜蜜的爱情，那他就应该到新奥尔良来。这里的人们相亲相爱，既不自私，也不嫉妒，更不会朝三暮四。我们的同胞到这里来是为了寻找金矿，他们却没想到，我们在这里发现了比黄金更加珍贵的财宝。"

我们非常注意保持与总督的友谊。几个星期以后，总督府有个小小的职位出缺，他好心地给了我。差事虽然并不显要，我却把它看成上天的恩赐接受了。有了这个差事，我就不用依靠别人来过活了。我雇了个男仆，也给玛侬雇了个女仆。我们收入不多，倒也安排得开。我很守本分，玛侬也不亚于我。我们一有机会就帮助邻居，替他们做点好事。我们平素助人为乐，待人和蔼可亲,赢得了大家的信赖和友情。时过不久,他们就把我们看作城里仅次于总督的头面人物了。

我们安分守己地过日子,一直平平安安,不知不觉地唤起了心中的宗教的意识。玛侬从来不是个邪恶的女人,我也不是那种以道德败坏为荣、标榜不信宗教的浪荡公子。我们所有的不轨行为,全是由于爱情和年轻造成的。随着生活阅历和年龄的增长,我们逐渐变得成熟了。我们的谈话总是又审慎又有分寸,这使我们不知不觉地产生了一种愿望:追求符合道德要求的爱情。我首先向玛侬提议改变现在的状况。我了解她内心的道德准则。她所有的感情都是正直而自然的,这种品质总是令人向善。我告诉她,我们的幸福中还缺少一样东西。

我对她说:"我们的幸福还应乞求天主的赞同。我们都有高尚的灵魂和善良的心地,所以我们不能忘记天职,甘愿这样生活下去。在法国那段生活就不必说了,那时候我们既不能断绝恩爱,也不能履行合法的结婚手续。但是在美洲,凡事我们都能自主,用不着顾虑门第和礼仪上的那些专横的法规。在这里,别人都以为我们已经结了婚。我们若是马上真的结婚,用宗教准许的誓言使我们的爱情更加圣洁,谁会出来阻挡呢?"随后我又说:"除了我的心和手,我再没有任何新的东西向你奉献了,但是在圣坛前,我要把它们作为礼物重新送给你。"

看得出来,她听了这番话真是喜出望外。

她回答说:"你相信吗?自从我们来到美洲以后,这事儿我已经想了上千遍了。我怕惹你不高兴,只好把这个愿望藏在心里。我不敢妄想做你的正式夫人。"

"啊,玛侬!"我说道,"假如我出世的时候,上天就赐我一顶王冠,那你不久就要做王后了。别再犹豫了。我们用不着担心,任何障碍都不存在了。我今天就去告诉总督,向他承认我们一直在欺骗他。"我还说:"那些庸俗的男女害怕婚姻的锁链①,就让他们害怕去吧。他们如果像我们一样决心永远系着这条锁链,那他们就不害怕了。"

见我下了这样的决心,玛侬高兴极了。

世间凡是正派人都会赞同我当时的看法。我那时正被我命中注定的爱情束缚着,既压抑不住内心的愧疚,又不能因为愧疚而战胜和击垮爱情。可是,如果我只是为了尊敬天主才作出的这个计划,却被他严厉

---

①天主教教义规定,履行正式仪式的婚姻,不能再离婚。

地拒绝了,我朝天呼冤,会有人谴责我不该抱怨吗？唉！我怎么说"拒绝"呢？何止是拒绝,他是把这当成了罪孽来惩罚的。我懵懵懂懂走在邪路上的时候,上天耐心地容忍了我,而最沉重的惩罚,却留在我开始回头走上正路以后才降到我的头上。我真担心我会没有力量讲完这段从未有过的悲惨经历。

正如我同玛侬商量的那样,我去见了总督,恳求他同意我们举行结婚仪式。他的神甫是城里唯一的神甫。如果不用总督出面,神甫也会为我办这件事的话,那我就不会向总督和其他任何人谈了。但是,我不敢指望神甫肯暗地答应,只好决定把事情公开。总督有个最受宠爱的侄子,名叫西纳莱。他那年三十岁,为人正直,但是性情暴躁。他还没有结婚。从我们到达的第一天起,他就为玛侬的美貌所倾倒。在后来的十来个月时间里,他又见过玛侬许多次,不由得欲火中烧,暗暗为她憔悴。但是,同他的叔父及全城的人一样,他真以为我们结了婚,因此一直克制着他的感情,没有暴露一丝一毫。他甚至对我很热情,多次帮过我的忙。我进总督府时,见他正陪伴着他的叔父。我的计划没有任何理由瞒他,于是我就毫不犹豫地当着他的面说明了来意。总督像平素那样和善地听我讲述。我把我的一部分经历告诉了他，他听得津津有味。最后我讲到打算举行婚礼，并请他光临，他一口答应了，还慷慨地表示愿意承担全部花费。我高高兴兴地告辞离开了。

一小时之后，我看见神甫来找我。我以为他是来指点我如何举行婚礼。但是他冷淡地跟我打了个招呼之后，简单明了地告诉我说，总督先生不让我考虑同玛侬的婚事，对玛侬他另有安排。"对玛侬另有安排！"我心惊胆战地说，"什么安排，神甫先生？"他说我不会不知道总督先生是当地的主宰，玛侬从法国流放到殖民地，应该由他支配，他所以直到今天对她没做安排，是因为他以为玛侬结过婚了。但是听我亲口说她并没结婚，总督认为理应把她配给深深爱着她的西纳莱先生。一听这话，我勃然大怒，我傲慢地命令神甫出去，同时狠狠地发誓说，不管是总督、西纳莱、还是全城的人，谁都休想动一动我的妻子或情人——随他们怎么称呼好了。

我把刚得到的不幸消息立刻告诉了玛侬。我们断定西纳莱是在我离开之后，说服了他的叔父，而且这事儿他已经预谋很久了。他们有权有势。我们在新奥尔良就像被困在茫茫大海之中一样，也就是说，与外界相距遥遥万里。在一个荒无人烟、到处是野兽和猛如野兽的蛮人的陌生国土上，我们能逃到哪儿去呢？我在城里颇有人望，可我在遭难的时候，无法指望鼓动全城居民来救援我，因为这需要金钱，而我却一贫如洗。况且居民即使骚动起来，成功与否也难以预料，如果运气不好，我们的不幸就更无法挽救了。所有这些想法，都在我头脑里转来转去。我把部分想法告诉了玛侬，可没等听她回答，就又产生新的念头。我刚拿定了一个主意，随即又放弃了，打算采用一个新的主意。我只管一个人说话，高声地自问自答。总之，我还从来没有像这样六神无主，心烦意乱。玛侬直瞪瞪地瞧着我，从我慌乱的神色中，看出将有一桩大祸就要临头。这个温柔的姑娘浑身颤抖，为她自己，更是为我担心，甚至都不敢开口跟我说她害怕。

经过反复思考以后，我决定去找总督，想劝他考虑考虑自己的荣誉，请他不要忘记我对他的尊敬和热诚，设法打动他的心。玛侬不肯放我出门。她泪汪汪地对我说道：

"你会丢掉性命的，他们会杀你。我再也看不见你了，我要死在你的前面。"

我不得不费很大的气力说服她，我说我必须出去，而她也必须留在家里。我答应她很快就回来,不会让她久等。我们俩当时都没想到,天主的愤怒和我们仇敌的疯狂,恰恰都发泄在了她的身上。

我到了总督府。总督和他的神甫都在。为了打动总督的心,我低声下气地哀求他。假若我是为了别的事情这样卑躬屈膝的话,那我真是无地自容了。我用各种理由来恳求他,如果没有一颗虎狼之心,他听了一定会动情的。但是,尽管我苦苦哀求,这个蛮横的家伙口中翻来覆去就是两句话:玛侬归他支配;他已经答应了他的侄儿。我下定决心做最大的忍耐,我向他告辞的时候仅仅对他说,我认为他是我最好的朋友,绝不会眼看着我死掉,我宁可不要性命,也不愿放弃我的情人。

走出总督府之后,我已经深信不疑:对那个顽固老头子不能再抱任何希望了。为了他的侄儿,就是让他永世下地狱他也在所不惜。然后,我打算尽力克制到最后,他们倘若不仁不义,把事情做绝,那我就让美洲人看看爱情史上一个最血腥最可怕的场面。我一边思索,一边往回走,也是命运要我尽快地毁灭,这时冤家路窄,我竟迎面碰上了西纳莱。他从我的眼睛里看出了我的一些心思。我前边说过,他很勇敢。他来到我面前对我说：

"您不是找我吗？我知道我冒犯了您。我已经料定，我们必须拼个你死我活。看看谁的运气好吧。"

我说他讲得有理，除非我死了，否则我们的争端不会完结。我们走到城外百十来步远的地方，拔剑斗起来。我一剑刺伤了他，眨眼间又打掉了他手中的剑。这一来他简直气疯了,既不向我求饶,也拒绝放弃玛侬。也许我又一剑刺去，既要他的命，也保住玛侬，但是，我血统高贵，不能这么做。我把他的剑扔给他，说道：

"再来一回，考虑好，这次我可不留情了。"

西纳莱怒不可遏，挥剑猛刺。我也应该交代一句，我的武艺并不高明，仅仅在巴黎习武院练过三个月。但爱情指挥了我的剑。他一剑刺穿了我的胳膊，可我抢上一步，看准他猛刺了一剑。他倒在我的面前，一动不动了。

这场殊死决斗我胜了，兴奋之余我立刻意识到，他的死关系重大。对我来说，既没有求得赦免的希望，也没有缓刑的可能。我很清楚，总督非常溺爱他的侄子。他一听说侄子被我杀掉，肯定用不了一小时就会把我处死。我虽然大祸临头，但这还不是我最忧心的事情。一想到玛侬也身处险境，一想到我必然要失掉她，就心乱如麻,眼前一片模糊,已不知身在何处了。我后悔失手杀死西纳莱,看来我也只有一死了事。然而,正是这个念头又使我清醒了过来。我当机立断,拿定了一个主意。

"什么?我要一死了事?"我高声说道,"那就是说,我最担心的不是失掉爱情?啊!为了搭救我的情人,我宁肯上刀山下火海,等我受尽折磨还无济于事的时候,我再死也不迟。"

我又从原路回到城里。一进家门,只见玛侬又急又怕,已经半死了。她看到了我才打起了精神。我不能向她隐瞒,就把刚才发生的可怕的情况告诉了她。听说西纳莱被我杀死,我也受了伤,她一下子昏倒在我的怀里。我呼唤了一刻多钟,她才苏醒过来。这时我自己也是昏昏沉沉,半死不活了。无论是对她还是对我,我都看不到有一丝一毫保全性命的希望。

当玛侬有了一点气力的时候,我对她说:"玛侬,怎么办?唉!我们怎么办?我必须离开这里。你愿意留在城里吗?对,你留下吧,你在这里还可以过上好日子。我离开你远走高飞,到野人中去或猛兽中去找死。"

她尽管虚弱,但还是站起身来,拉着我的手,把我领到门口。"我们一道逃走吧,"她对我说,"再不能耽误了。西纳莱的尸首很可能被人无意中发现，到那时我们再走就来不及了。"

我不知如何是好，便对她说："可是，我亲爱的玛侬，你说我们能往哪儿逃呢？你想出什么办法了吗？我看，莫不如你自己设法在这儿生活下去，我去找总督请死。"

听我这么一说，她更是坚决要走，我只好依从了她。临出门的时候，我灵机一动，随身带上了屋里的几瓶烈酒，又往兜里揣满了食品。我们跟住在隔壁的仆人说，我们要去散散步——我们每天傍晚有散步的习惯——随后我们就急匆匆地离开了城里。尽管玛侬体力不支，我们还是走得很快很快。

具体往什么地方逃我还定不下来，但我心中却有着两个大致的去向，否则我宁死也不会带着玛侬去茫然乱撞。

我到美洲近十个月以来，已经相当熟悉本地的情况，也知道如何同野人打交道。我们即使落到他们手里，不一定就会被害死。我曾跟他们见过多次面，学会了几句他们的语言，熟悉了一点他们的习惯。

除了这条可悲的生路，我还对英国人抱有希望。他们也跟我们一样，在这块新大陆上建了移民点。但是使我犹豫的是他们那个地方离得太远。要到达他们的殖民地，我们得在荒原上走好几天，翻越几道大山。走那样的山路，就是身强力壮的汉子也嫌吃力。然而，我自信能够得到这两方面的帮助：让野人给我们带路，请英国人收留我们。

只要玛侬还有一点气力，我们就不停地往前走，一直走了两法里路，因为我这个世上少有的情人总是不肯休息。最后她实在精疲力竭，才跟我直说，她再也走不动了。这时天已经黑了。找不到一棵树木可以挡挡风寒，我们就在一片旷野中坐了下来。她一坐下，第一件事就是给我换绷带，动身之前她已经给我包扎了伤口，我不让她换，但是没有用。如果我不满足她的愿望，让她相信我身体很好，丝毫没有危险，而是要她先珍重自己，那她心里就会难受死了。我只好迁就她一会儿，满面惭愧地默默接受了她的照料。

她尽心尽意地服侍我，反过来我也无微不至地照顾她。我把身上的衣服全脱下来铺在地上，让她躺下去不会觉得太硬。我不管她肯不肯，想尽各种方法让她更舒服一些。我用我的热吻和呼出的热气来温暖她的手。我整夜守护在她的身边，祈祷上天让她睡得香甜。天主啊！我的心愿多么强烈，多么诚挚，可您为什么要严酷地拒绝呢?

请原谅,我只想用几句话来结束这段回忆,追忆往事使我痛不欲生。我要告诉你们一件不幸的事,这种不幸在世上是找不到先例的,我注定要终生为它流泪。它虽然一直印在我的脑海里,但每当我想用语言表达的时候,我的心灵就好像因畏惧而退缩。

我们平静地过了大半夜。我以为亲爱的情人睡着了,我不敢大声喘气,怕打扰了她的梦境。天快亮的时候,我摸了摸她的手,发现她双手冰凉,不住地颤抖。我把她的手放到我的胸口上暖着。她感到了我的动作,挣扎了一下,抓住我的手,用微弱的声音对我说,她知道她最后的时刻来临了。起初我听了这话并没往心里去,认为人到走投无路的时候都会这样说,所以就仅仅拿温柔的抚爱来安慰她。但是,她频频地叹息着,对我的询问沉默不答,同时一直紧紧地握着我的手不放。这时我才明白,她的痛苦快到尽头了。至于我当时的心情和她临终的话语,就请你们不要让我描述了。我失去了她,然而就在她咽气的时候,我却得到了她爱情的明证。对于这个悲惨凄凉的结局,我有力量告诉你们的就是这些了。

我的灵魂没有随她而去。上天一定是认为对我惩罚得还不够严厉。从此以后，它要让我过着一种死气沉沉、凄凄惨惨的日子。我情愿这样活着，永远不再追求幸福。

我把嘴唇紧紧贴在我亲爱的玛侬的脸上和手上，就这样待了整整一天一夜，我一心想同她死在一起。可是到次日天色微明的时候，我转念一想，如果我也死，那她就要露尸荒野，很可能变成野兽的美餐。于是我决定把她埋好，然后再守着她的坟墓等候死期。在饥饿和痛苦的折磨下，我已非常虚弱，濒于死亡了，我拼命挣扎了一阵才站起身来。我只好求助于带来的烈酒，喝了几口，有了点力气，这才动手去干那件令人心酸的活儿。那个地方全是沙土，要挖个坑并不难。我把剑折断，用它来挖掘，但是用剑挖还不如用手。我挖出了一个大坑。我把我心中的偶像用全部衣服缠裹之前，我千恩万爱地拥抱了她无数次。我坐在她身边，久久地凝视着她，就是不忍心填土封墓。最后，我又开始感到一阵虚弱，害怕事情没有做完就精疲力竭，这才把世间这位最完美可爱的人埋入大地的怀抱中。接着，我趴在墓穴上，脸埋在沙子里，紧闭双眼，打算永远也不再睁开。我祈求着上天的帮助，急切地等待着死亡。

说起来您很难相信，在这个悲伤的葬礼中，自始至终我的眼中没流过一滴泪，嘴里没叹过一口气。我当时已经麻木不仁，加上誓死的决心，心中的绝望和痛苦已经无影无踪了。我趴在墓穴上，没过多久，就完全失去了知觉。

你们听了我刚才讲的这些之后，故事的结局都无关紧要了，无须你们再费神来听。西纳莱被抬到了城里，医生仔细一检查，发现他不仅没死，而且伤势也并不危险。西纳莱把我们决斗的事告诉了他的叔父，并立即宽宏大量地当众赞扬了我，说我表现得很高尚。他们派人去找我，可我和玛侬都不见了，于是就疑心我们逃跑了。当时天色已晚，想追踪我们也不可能。但是第二天和第三天，他们一直在追寻我们，最后总算找到了我。我趴在玛侬的墓穴上一动不动，跟死人一样。他们见我几乎光着身子，浑身血迹斑斑，就毫不怀疑我是被强盗杀害了。他们把我运回城里。一路颠簸之下，我苏醒了，睁开眼睛，发现自己又回到世上，不由得悲哀地长叹了一声。他们见我还能叹息，知道我还有救，便给我精心的治疗。总督依然决定把我关在一间狭小的牢房里。他们对我的案子进行了预审，由于玛侬不能出庭做证，我被指控为杀害玛侬的凶手，说我是出于嫉妒在盛怒之下杀害了她。我原原本本地把我的悲惨遭遇讲了出来,西纳莱听了之后痛心疾首,可还是慷慨地要求宽赦我。法庭接受了他的请求。我的身体极端虚弱,他们不得不把我从牢房抬回家里。我生了一场大病,在床上躺了三个月。

我依然悲观厌世,不断祈求死亡。有好长一段时间,我拒绝服用所有的药物。上天极其严厉地惩罚我之后,又要我从不幸和惩罚中收到教益。上天以他的光辉启迪我的心智,使我重新产生了跟我的出身和所受的教育相称的思想。我病愈后不久,心灵开始逐渐平静。于是,我一心扑在正身的行动中,继续克尽我的微职,等待每年一班的法国航船到达美洲那个地方。我决意返回祖国,以明智、规范的生活弥补我放浪的行径。在西纳莱的关切下,我心爱的情人的遗体移葬到了一个合适的地点。

大约在我身体复原六周之后,有一天我在海边散步,望见一艘商船驶近新奥尔良。我注意观看上岸的船员。我非常惊奇,在往城里走的人中间我发现了梯伯日。忧伤虽然使我的面容憔悴,可那位忠诚的朋友却很远就认出我来了。他告诉我说,他那趟旅行只有一个目的,就是看望我并说服我返回法国。他说,收到我从哈佛尔寄去的信以后，他就亲自把我所要的钱送去了。但听说我已经动身，他真是痛苦万分，当时倘若能找到一艘准备启航的船，他就会立即动身追我。可是，几个月来，他找遍了各个港口，最后才在圣马洛港找到一艘驶往马提尼克岛的船。于是他搭上那艘船，希望一到马提尼克岛，就能找到驶往新奥尔良的船。在旅途中，圣马洛港那艘船被西班牙海盗虏获，船上的人都被带到了海盗盘踞的一个岛上。他机灵地逃了出去，几经周折才最终得到个机会，搭上了一艘小船，顺利地找到了我。

我这朋友如此侠义，如此真诚，我真是不胜感激。我把他领到我的家中，让他支配我所有的财物。我把我离开法国后的遭遇都讲给他听了。为了让他惊喜一番，我明确告诉他，他从前撒在我心中的那些美德的种子，已经结出令他满意的果实了。他喜不自胜地说，我这样一个令人愉快的保证，完全抵得上他旅途中的全部辛劳。

我们在新奥尔良一起住了两个月，等待法国航船。后来我们终于上了船。十五天后，我们在哈佛尔登了岸。到达时我就给家里写了一封信。从哥哥的复信中，我得知父亲去世的噩耗，真是痛不欲生。我完全有理由认为，是我的放荡害得他早早离开了人世。当时去加来城正好顺风，我便立即上船，打算到离加来城几里远的一位贵族亲戚家里，我的哥哥在信上说他在那儿等我。